Contes tchèques

Vitalis

Contes tchèques

Une sélection des plus beaux
contes populaires recueillis
par Božena Němcová et Karel Jaromír Erben

Illustrations de Lucie Müllerová

Vitalis

© Vitalis, 2015
Traduit de l'original allemand par Didier Debord.
Relecture par Stefan Rodecurt.
Illustrations de Lucie Müllerová.
Imprimé dans un État membre de la CEE.
Tous droits réservés.
ISBN 978-80-7253-277-3
www.vitalis-verlag.com

Sommaire

Avant-propos 7

La princesse noire 9
(d'après Božena Němcová)

Les trois fileuses 23
(d'après Karel Jaromír Erben)

La Montagne Dorée 31
(d'après Božena Němcová)

Catherine et le Diable 51
(d'après Božena Němcová)

Une princesse si maligne 59
(d'après Božena Němcová)

L'Oiseau de Feu et le Renard de Feu 67
(d'après Karel Jaromír Erben)

Le Long, Le Large et Vue-Perçante 87
(d'après Karel Jaromír Erben)

La princesse avec une étoile d'or sur le front 97
(d'après Božena Němcová)

Petite casserole, cuis ! 111
(d'après Karel Jaromír Erben)

La princesse noire

d'après Božena Němcová

Il était une fois, dans un pays très lointain, un pêcheur si pauvre qu'il ne possédait pour toute fortune qu'une humble hutte au bord de la mer, une barque et quelques filets. Ce pêcheur vivait malgré tout heureux avec sa femme, et il ne lui manquait qu'une chose à son bonheur, un enfant. Mais Dieu à ce jour le lui avait toujours refusé.

Un jour, le roi ordonna au pêcheur de livrer sans délai à la cour – ce dernier avait en effet la lourde charge de fournir le poisson aux cuisines royales – une grande quantité de poissons, mais uniquement de très beaux poissons, pour les hôtes d'un grand festin. Le roi lui promit une importante récompense s'il réussissait, mais une punition exemplaire l'attendait dans le cas contraire. Le pêcheur connaissait son roi et il savait que celui-ci tiendrait parole. Il ne perdit donc pas un seul instant, prépara ses filets, monta dans sa barque et partit vers le large. Las ! Il pêchait depuis plusieurs heures déjà et n'avait ramené dans ses filets que quelques poissons minuscules qu'il avait rejetés à la mer. Rempli d'effroi, le pêcheur malheureux regardait les bancs de gros poissons qui tournaient autour de sa barque mais s'en écartaient vite, comme par jeu, dès qu'il jetait son filet.

– Mais vous êtes ensorcelés !, s'exclama-t-il quand il eut, une fois de plus, remonté son filet vide. Voilà des années que je pêche à cet endroit, et jamais je n'y ai vécu une chose pareille. Pauvre de moi ! J'espérais une récompense du roi et je m'expose à son châtiment.

– Cesse donc de te lamenter ainsi, pêcheur, dit soudain une voix derrière lui.

Le pêcheur se retourna et aperçut avec effroi dans sa barque un homme entièrement vêtu de noir. Le pêcheur sentit son cœur battre follement dans sa poitrine alors qu'un frisson parcourait son corps à la seule vue de cet être lugubre qui semblait être tombé du ciel.

– Pourquoi as-tu peur de moi ?, demanda l'intrus. Je suis venu pour t'aider. Mais je t'aiderai à une condition.

Le pêcheur soupira d'aise en constatant que cet être qu'il avait pris pour un mauvais esprit était dans de si bonnes dispositions. Il promit donc à l'homme en noir de faire tout ce qu'il voudrait s'il réussissait à le tirer de ce mauvais pas.

– Bien, répondit l'homme. Tu attraperas autant de poissons que pourra en contenir ta barque, aussi gros et aussi savoureux que tu le souhaites, mais uniquement si tu me donnes ce que tu as à la maison et dont tu ignores l'existence.

– Si ce n'est que cela, répondit le pêcheur soulagé sans même réfléchir.

Il est vrai qu'il possédait si peu de choses qu'il était sûr de connaître l'existence de chacune d'entre elles.

– Je viendrai donc le chercher dans deux fois sept ans.

Sur ce, l'homme en noir se saisit du filet et le jeta dans l'eau. Quelques instants plus tard seulement, il le remontait, rempli des plus savoureux et des plus gros poissons. Il recommença encore deux fois puis, la barque étant pleine à ras bord, il disparut.

Le pêcheur se réjouit de la facilité avec laquelle il avait accompli les ordres du roi, ainsi que de la belle somme d'argent que lui rapporterait cette pêche miraculeuse. Il rama vigoureusement jusqu'à la rive où sa femme l'attendait déjà avec inquiétude. Mais dès qu'elle vit arriver la barque au loin, la femme rassurée prépara un solide repas pour son mari qui devait en avoir bien besoin après une telle pêche.

– C'est une bien belle pêche, s'exclama la femme en aidant son mari à tirer la barque au sec. J'étais très inquiète pour toi, car le roi a déjà par trois fois fait demander quand tu rentrerais.

– J'étais moi-même fort inquiet, lui répondit son mari. Mais je crois que le roi sera content.

La barque vidée, le pêcheur rangea ses filets et se mit à table où il mangea avec appétit. Il alla ensuite bien vite se coucher, car il devait livrer son poisson de bonne heure le lendemain matin. Le roi, qui s'inquiétait déjà que les meilleurs mets puissent manquer à la table de son festin, se réjouit fort en voyant arriver le pêcheur avec une telle quantité de si beaux poissons. Il lui donna la récompense promise et le pêcheur retourna à la maison. Voulant faire une surprise à sa femme, il s'arrêta dans une échoppe et lui acheta une magnifique étoffe pour s'en faire une robe.

– Puisque tu m'as fait une surprise aussi délicate, s'exclama sa femme ravie, je me dois de t'en faire une, moi aussi. Ton souhait le plus cher ne saurait tarder à être exaucé.

Le pêcheur ne se réjouit toutefois pas autant qu'il le parut à l'idée d'avoir un enfant, car il se rappelait la promesse que lui avait sournoisement arrachée la veille l'homme en noir. Il n'en toucha toutefois pas mot à sa femme pour ne pas l'inquiéter et cacha péniblement sa tristesse au plus profond de son cœur.

Le temps s'écoula rapidement et la femme du pêcheur accoucha bientôt d'un petit garçon. Ce dernier était si mignon que le pêcheur ravi en oublia son infortune. Les années passèrent et le jeune garçon accompagnait maintenant souvent son père sur la plage où il ramassait de beaux coquillages. Plus tard encore, devenu jeune homme, il aida son père à réparer les filets et il parvint même parfois à ramener tout seul le poisson pour le repas du soir. Ainsi passèrent les deux fois sept années. Le pêcheur était si fier de son fils qu'il en avait oublié l'homme en noir, mais l'homme en noir, lui, ne l'avait pas oublié.

Un matin, la femme du pêcheur appela son fils pour qu'il vienne déjeuner, mais ses appels furent vains. Pensant alors que le jeune homme était allé à la pêche, elle interrogea son mari qui lui répondit n'en rien savoir. La femme courut hors de la maison et battit la campagne, sans trouver la moindre trace de son fils. C'est alors seulement que son mari se rappela l'homme en noir et la promesse qu'il lui avait faite. L'homme se mit à pleurer, ne cessant de se reprocher de n'avoir pas suffisamment veillé sur l'enfant, et, la mort dans l'âme, il raconta à sa femme sa rencontre avec l'homme en noir. Les pauvres parents pleurèrent toutes les larmes de leurs corps, mais leurs cris ne parvinrent pas aux oreilles de l'enfant en échange duquel l'homme en noir avait laissé un sac d'or dans la hutte du pêcheur. Les parents savaient que c'était là un bien maigre dédommagement pour leur enfant adoré, mais ils n'en boudèrent pas pour autant cette manne.

Loin, très loin de la cabane du pêcheur, se trouvait quelque part dans les profondeurs de la terre un château en or. Dans ce château vivait une princesse d'une très grande beauté mais à la peau noire comme un morceau de charbon. Un jour, un magicien s'était épris d'elle, mais la belle avait refusé ses avances. De colère, le magicien l'avait alors transformée en Noire. La pauvre princesse ne pourrait être délivrée de son sort, lui avait expliqué le magicien, que si un jeune homme tombait amoureux d'elle au point qu'il en quitterait la maison familiale, prêt à subir les pires tourments. Cette condition n'aurait peut-être pas encore été trop difficile à réaliser si le magicien n'avait pas transporté la jeune princesse dans ce pays au cœur de la terre. Qu'allait-elle devenir en ce lieu ? Et quel jeune homme viendrait jusqu'ici la délivrer de ce sortilège ?

Un jour, alors qu'elle se promenait en pleurant dans le jardin, un nain s'approcha d'elle et lui demanda la raison de ses pleurs. La princesse regarda intensément le petit être merveilleux et lui confia ses tourments.

– Sèche tes larmes, princesse, dit alors le petit homme. Il me sera aisé d'amener ici un jeune homme. Mais que se passera-t-il si tu ne lui plais pas et qu'il refuse de rester ici ?

– Tout espoir serait alors perdu et j'accepterai mon destin avec résignation.

– Te marierais-tu alors avec moi ?

– Avec toi ?, s'exclama la princesse avec un sourire moqueur.

Mais, de peur de gâcher le seul espoir qui lui restait, elle sourit au nain et dit :

– Si tu amènes le jeune homme ici et que tu ne m'importunes pas, alors je te promets que je t'épouserai si le jeune homme ne s'éprend pas de moi.

Satisfait, le nain regarda la princesse avec tendresse et s'en fut.

Ce nain n'était autre que l'homme en noir qui avait arraché si sournoisement sa promesse au pêcheur. On sait donc combien de longues, très longues années, la princesse dut attendre. Mais toutes ces années ne lui parurent pas si longues, car le temps passe sous la terre plus rapidement qu'en son cœur et la princesse ne vieillissait pas.

Un beau matin, le nain revint en compagnie d'un jeune homme. Il ne l'avait pas amené en ce lieu par la force, mais il l'y avait attiré par la ruse jusqu'à ce que le jeune homme vienne de son plein gré. Radovid, ainsi s'appelait le fils du

pêcheur, se plut aussitôt énormément dans le château en or. Tout en ce lieu était aussi joli que sur la terre, seule la mer lui manquait. Le palais somptueux était en or pur, si bien que quand le soleil l'éclairait (le soleil brille également sous la terre, mais il y fait jour quand il fait nuit à la surface et inversement), il brillait tellement qu'il était impossible de le regarder. Dans le jardin ondulaient doucement sous le vent des fleurs comme il n'en avait jamais vu et des oiseaux de toutes les couleurs pépiaient dans les arbres dont les branches ployaient sous le poids des fruits. Tout n'était que beauté et harmonie ! Le jeune homme n'avait pas besoin de travailler : qu'il veuille quelque chose et il lui suffisait de le demander pour l'obtenir immédiatement. Il n'était donc pas surprenant que le jeune garçon n'ait pas la nostalgie de son pays. Il pensait certes souvent à ses parents, mais à peine la princesse le remarquait-elle qu'elle se donnait toutes les peines du monde pour le consoler. Elle lui chantait de douces chansons, l'emmenait se promener dans le jardin et lui racontait des histoires merveilleuses. Elle s'occupait de lui mieux que la mère du jeune garçon, l'aimait peut-être même plus que sa mère. Aussi Radovid l'aimait-il beaucoup malgré sa couleur noire. Ainsi passèrent les années dans le ravissement, sans même que le jeune homme ne s'en rendît compte. Il aimait la princesse chaque jour davantage et il sut bientôt qu'il ne pourrait plus vivre sans elle. Dès lors, les jours furent emplis de ce nouveau bonheur.

Un jour toutefois, la princesse remarqua un voile de tristesse sur le visage de son bien-aimé et elle lui demanda ce qui le tourmentait ainsi.

– Tu sais combien je t'aime, répondit-il, et c'est bien pourquoi tu vas me pardonner ma requête. Je suis le fils unique de mes parents et ils m'ont élevé avec une grande tendresse. Maintenant que j'ai l'âge de le comprendre, je sais quelle perte cruelle ils ont dû éprouver. Permets-moi de les revoir ne serait-ce qu'une fois, et après je resterai pour toujours auprès de toi.

Certes, ce vœu ne réjouit pas la princesse, mais elle ne pouvait pas lui refuser cette faveur si elle voulait un jour être délivrée de son sort.

– J'accepte, répondit la princesse, mais tu dois me promettre une chose, et de cette chose dépendra notre bonheur ou notre malheur.

Radovid promit.

– Tu ne dois révéler à quiconque, quoi qu'il t'en coûte, où tu étais pendant tout ce temps, dit la princesse. Tu ne dois dire à quiconque que tu es fiancé et tu ne dois pas davantage prêter serment d'amour à quelque femme que ce soit. Si tu tiens cette promesse, nous serons heureux pour toujours, si tu ne la tiens pas, le malheur s'abattra sur nous et tu ne me reverras jamais. En outre, je perdrai ainsi à jamais l'espoir d'être délivrée de mon sort.

Quand elle eut prononcé ces mots, elle souffla trois fois dans une petite trompette et le nain apparut.

– Ramène Radovid d'où il vient, lui ordonna la princesse.

Elle embrassa une dernière fois Radovid, lui donna la petite trompette et dit :

– N'oublie pas ce que je t'ai dit. Si tu ressens le besoin de me rejoindre, souffle dans cette trompette et le nain te ramènera à moi.

La princesse retourna dans son palais et Radovid prit avec le nain le chemin vers la surface terrestre. Il était si accaparé par ses pensées qu'il ne porta nulle attention aux sentiers qu'ils empruntèrent, il franchit des ponts et suivi moult routes sans même les voir, et avant même qu'il n'émergeât de ses pensées, il se retrouva sur la plage où s'élevait autrefois la hutte de ses parents. Le nain le laissa seul et repartit dans les profondeurs de la terre.

Arrivé à la cabane, le jeune homme demanda où se trouvait le pêcheur qui habitait ici autrefois.

– Il est parti il y a plusieurs années déjà, jeune homme, lui répondit-on. Il habite maintenant en ville dans une belle demeure. Il a beaucoup d'argent et personne ne sait d'où lui vient cette fortune.

Radovid se rendit aussitôt en ville et arriva bientôt devant la magnifique maison où habitaient maintenant ses parents. À cette époque, il n'y avait pas comme aujourd'hui une auberge tous les dix pas et un étranger était toujours heureux de trouver le gîte et le couvert chez un habitant. Il ne craignait pas de demander asile même chez le plus pauvre, car il savait que celui-ci ne laisserait pas partir son hôte sans lui avoir offert ne serait-ce qu'un repas, dût-il pour cela emprunter à son voisin. Radovid frappa à la porte de son père et lui demanda asile pour la nuit. Le vieux pêcheur, qui était maintenant un homme riche, l'invita courtoisement et le conduisit à sa table. Radovid avait très faim et cette invitation tombait on ne peut mieux. Quand il entra dans la salle à manger, il vit sa mère en compagnie d'une jeune servante qu'elle traitait comme sa propre fille. Ils s'assirent autour de la table et mangèrent en s'entretenant de choses et d'autres. À cette époque, on ne demandait aux gens ni d'où ils venaient, ni ce qu'ils faisaient, ni même comment ils s'appelaient, si bien que personne à la fin du repas ne connaissait le nom de l'étranger.

– Est-ce votre enfant ?, demanda Radovid à sa mère en montrant la jeune fille.

– C'est une enfant, certes, mais pas la nôtre. Nous avions un fils, mais il a disparu alors qu'il avait quatorze ans.

– Et comment cela est-il arrivé ?

– Mon cher monsieur, c'est une histoire bien triste.

– Ne le reconnaîtriez-vous pas s'il revenait ?

– Certes non ! Il doit avoir beaucoup grandi, il pourrait être grand comme vous maintenant.

– Tu as raison, mère, car je suis ton fils.

Les parents se levèrent de table en poussant des cris de joie, ils tombèrent dans les bras de leur fils et embrassèrent ses joues tant aimées. La fille adoptive avait entre-temps porté la nouvelle dans toute la maison et les domestiques affluaient dans la pièce pour voir le fils de leur maître bien-aimé. Une fois quelque peu revenus de leurs émotions, les parents demandèrent à Radovid où il avait été pendant tout ce temps et s'il avait été heureux. Le jeune homme avait encore en tête les paroles de la princesse noire et il se garda bien de révéler quoi que ce soit à ses parents, leur disant qu'ils devaient déjà être suffisamment contents qu'il soit revenu.

À peine la mère eut-elle retrouvé son fils que déjà mille pensées l'assaillaient. Il lui faudrait surtout trouver une femme digne de ce beau jeune homme. Elle s'accorda finalement à penser, sans demander leur avis aux intéressés, que le mieux serait de le marier avec leur fille adoptive. Il était évident à ses yeux qu'elle ne pouvait que lui plaire. C'était, il est vrai, une fille fraîche comme la rosée du printemps et tous les jeunes gens tombaient amoureux d'elle dès le premier regard. Radovid lui-même dut bientôt s'avouer son attirance pour elle, mais il n'en oublia pas moins sa beauté à la peau noire.

Un jour, l'ancien pêcheur invita un très grand nombre de ses connaissances pour fêter dignement et dans la joie le retour de son fils. Il était un voisin fortuné, doté en outre d'un fils de toute beauté et d'une fille adoptive encore plus belle, aussi tout le monde accepta-t-il son invitation avec empressement. Ce jour-là, la maison fut littéralement envahie par les invités. On rit, dansa, but et mangea toute la journée. Radovid était d'excellente humeur, il se montra fort attentif avec les jeunes filles, mais c'est encore envers la fille adoptive de ses parents qu'il montra le plus d'empressement. Le soir même, les deux jeunes gens sortirent dans le jardin et, enflammé par la boisson, Radovid se laissa aller à une promesse qui dépassait sa pensée. À peine eut-il prononcé ces mots qu'il tomba sur le sol, inconscient. La princesse noire lui apparut alors, son visage autrefois paré d'un sourire si doux était assombri par la rancune et ses yeux noirs si brillants étaient voilés par les larmes.

– Qu'as-tu donc fait là, Radovid ?, lui demanda-t-elle d'une voix triste. Maintenant, tu ne peux plus revenir vers moi, sauf si tu te mets tout seul en chemin et réussis à trouver mon palais. Pour cela, il te faudra toutefois porter ces bottes d'acier. Si tu es décidé à subir toutes les épreuves par amour pour moi, alors tu pourras me libérer et nous serons plus heureux que jamais. Si tu n'y parviens pas, tu resteras un mendiant toute ta vie.

Radovid crut avoir rêvé, mais il se réveilla bel et bien très loin de la ville, vêtu comme un pauvre hère et avec de lourdes bottes d'acier à ses côtés. Quelle horrible métamorphose : quelques instants auparavant seulement, il discutait encore avec ses parents et avec cette belle jeune fille, adulé comme un véritable prince. Tout cela pour quelques misérables mots de trop ! Radovid se maudit de n'avoir pas su résister à l'appel de la boisson. De l'instant où sa bien-aimée lui était apparue en rêve, le jeune homme se remémora les longs et heureux moments vécus en sa compagnie et il se releva, fermement décidé à partir à sa recherche, dût-il pour cela faire le tour du monde. Les bottes d'acier étant trop lourdes pour ses pieds, il les attacha ensemble, les passa autour de son cou et partit d'un pas ferme dans le vaste monde.

Pendant ce temps, dans la belle demeure de la ville, ses pauvres parents ne savaient pas ce qu'il était advenu de lui et leur fille adoptive se garda bien de dire ce qui s'était passé. Tout le monde attendit son retour, mais le fils ne revint pas le lendemain, il ne revint pas non plus le deuxième jour et pas davantage le troisième. L'ancien pêcheur et sa femme finirent par croire qu'ils avaient été ber-

nés par un imposteur. Cette pensée les apaisa et ils reprirent leur vie comme si de rien n'était. Quant à Radovid, poussé par la rancœur, il allait de ville en ville, de village en village, par monts et par vaux, toujours portant son lourd fardeau. C'est ainsi qu'il arriva un jour sur les rivages de la mer Noire.

– Avez-vous entendu parler d'un château entièrement construit en or ?, demanda-t-il au passeur qui le menait sur l'autre rive.

– Non, lui répondit ce dernier. Mais sur une île, de l'autre côté de la mer, habite un géant qui sait beaucoup de choses. Il est possible qu'il puisse vous renseigner.

Le passeur le déposa sur cette île et Radovid demanda au géant s'il avait jamais entendu parler d'un château entièrement en or.

– Je n'en ai pas entendu parler et ne peux donc rien t'en dire. Mais si tu marches tout droit nuit et jour pendant sept semaines, tu arriveras aux pieds d'une montagne sur laquelle vit mon frère, le roi de cette contrée. Lui pourra peut-être te renseigner.

Radovid se remit en route. « Pauvre de moi, » se lamentait-il, « ce calvaire ne prendra-t-il donc jamais fin ? Mais j'ai bien mérité ce châtiment. Ah, que n'ai-je tenu ma parole ! » Ses pas le menèrent à travers des contrées merveilleuses, des îles paradisiaques, des vergers regorgeant de fruits dorant au soleil et des jardins ornés de fleurs odorantes, mais jamais il ne s'accorda une minute de répit, jamais il ne se rassasia à la chair savoureuse d'un fruit mûr et jamais non plus il ne se laissa aller à admirer une fleur : il marchait sans relâche, mû par une indicible langueur amoureuse. Après avoir marché sept semaines, il arriva enfin aux pieds de la montagne et demanda au roi de ce pays s'il avait jamais entendu parler d'un château en or.

– Je n'en ai jamais entendu parler, répondit le monarque. Mais mon autre frère, le roi des oiseaux, serait bien mieux placé que moi pour te répondre. Il envoie ses messagers aux quatre coins de l'horizon et il est possible que l'un d'eux puisse te renseigner. Si tu marches une fois encore nuit et jour pendant sept semaines, tu arriveras sur les rivages de la

mer Verte. Au-delà de cette mer, se trouve une vaste forêt très profonde, et dans cette forêt habite mon frère.

Radovid remercia le géant et repartit sans plus attendre. Et de fait, sept semaines plus tard, il arriva au bord de la mer Verte. Il la traversa et partit dans la forêt à la recherche du roi des oiseaux auquel il demanda s'il n'avait jamais entendu parler d'un château en or. Le roi fit rassembler ses sujets et demanda si l'un d'entre eux n'aurait pas par hasard connaissance d'un tel château. Les oiseaux réfléchirent longuement puis une hirondelle vint se poser en pépiant aux pieds de son souverain.

– Je connais ce château.

– Saurais-tu dire quel chemin il faut prendre pour y aller ?

– Je me suis baignée dans sept rivières, je me suis fait bercer par le vent dans sept forêts et ai contemplé le monde du haut de sept montagnes, puis je suis arrivée au château en or dans lequel habite la princesse noire.

À peine Radovid eut-il entendu ces mots qu'il remerciait le roi et reprenait sa route. Il serait difficile de décrire les souffrances qu'endura Radovid pour franchir les sept rivières, traverser les sept forêts et escalader les sept montagnes, aussi difficile que le chemin lui-même que parcourut Radovid. Ses lourdes bottes d'acier sur les épaules, le jeune homme avançait toutefois courageusement, ignorant la fatigue.

Un jour enfin, Radovid arriva au terme de son voyage et il est peu dire qu'il remercia le ciel avec ferveur quand il aperçut au loin le château en or ! Harassé et à moitié mort de faim et de soif, le jeune homme réussit à atteindre le jardin où il s'endormit sous un arbre. La princesse qui se promenait alors dans les allées s'étonna fort de trouver un homme endormi dans son jardin, mais quelle ne fut pas sa joie quand elle reconnut son Radovid bien-aimé ! À ses joues creuses, à ses haillons poussiéreux et à son corps amaigri, la princesse comprit quelles terribles épreuves il avait traversées. Elle ne put se retenir de le réveiller, et, quand le jeune homme ouvrit les yeux, il reconnut avec émerveillement sa fiancée. Il lui demanda pardon et lui promit fidélité jusqu'à la fin de ses jours. La princesse lui pardonna volontiers et les deux jeunes gens s'embrassèrent tendrement. Mais à peine leurs lèvres s'étaient-elles touchées que le visage de la princesse commença à se décolorer et, quelques instants plus tard, Radovid tenait dans ses bras une magnifique jeune fille dont les yeux noirs brillaient d'amour sur la peau couleur d'ivoire. Mais quand bien même elle serait restée noire, Radovid savait qu'il ne l'en aurait pas moins aimée.

Le nain apparut soudain et dit aux deux amoureux :

– C'est moi, princesse, qui autrefois t'ai jeté un sort. Grâce au courage de Radovid tu en es maintenant libérée et je ne peux plus rien exiger de toi bien que j'aurais volontiers usé de la ruse pour t'épouser. Maintenant, tu dois choisir si tu préfères rester ici ou remonter à la surface de la terre.

La princesse se trouvait très bien dans son royaume souterrain avec son bien-aimé et elle décida donc d'y rester.

Radovid lui-même n'avait guère envie de retourner dans le monde, aussi les deux amoureux décidèrent-ils de vivre à jamais loin des hommes dans leur palais en or. Et c'est ainsi qu'ils y vécurent heureux jusqu'à la fin de leurs jours, sans jamais ressentir le besoin de goûter aux bonheurs terrestres.

Les trois fileuses
d'après Karel Jaromír Erben

Il était une fois une pauvre veuve qui vivait seule avec sa fille prénommée Liduška. Les deux femmes ne possédaient pas le moindre arpent de terre ni la plus petite vache, aussi devaient-elles gagner leur vie en filant la laine. Liduška était certes fort jolie et très sage, mais elle était d'une paresse inimaginable, et, chaque fois que la mère réussissait à asseoir la jeune fille devant le rouet, celle-ci se mettait à pleurer. Liduška travaillait en outre si mal que son ouvrage était le plus souvent bon à recommencer. Un jour, la mère en eut assez de tant de paresse et, dans sa colère, elle alla jusqu'à lui donner des coups. La jeune fille se mit alors à pleurer si fort qu'on put entendre ses cris à quatre lieues à la ronde.

La reine qui visitait la contrée en calèche entendit des pleurs et demanda au cocher d'arrêter son attelage. Elle descendit de la carrosse et pénétra dans l'humble demeure où avait dû, pensait-elle, se produire un bien pénible événement.

— Qu'as-tu donc à pleurer ainsi, belle jeune fille ?, demanda la reine en voyant Liduška en larmes.

— Ma mère m'a battue, répondit la jeune fille en s'essuyant les yeux.

La reine se tourna vers la mère et lui demanda :

— Pourquoi as-tu frappé cette pauvre enfant ?

La mère gênée ne sut que répondre. Elle n'aurait en effet pour rien au monde confessé à la reine la paresse de sa fille.

— Reine bien-aimée, répondit-elle enfin, cette enfant me fait vivre un véritable calvaire. Elle ne sait rien faire d'autre que filer la laine. Du chant du coq à la tombée de la nuit, elle file la laine. De la tombée de la nuit au chant du coq, elle file aussi. J'étais tellement énervée ce matin en la trouvant une fois de plus assise devant son rouet que je lui ai donné une gifle.

La reine qui prisait elle-même beaucoup l'art de filer la laine se prit d'affection pour la belle jeune fille.

— Si ta fille aime filer la laine, laisse-la venir avec moi à la cour. Je m'occuperai d'elle et lui donnerai à filer autant de fuseaux qu'elle voudra de la plus belle laine. Qu'elle montre de l'ardeur à l'ouvrage et elle ne le regrettera pas.

— La mère fut on ne peut plus contente de se débarrasser de sa bonne à rien de fille et Liduška partit donc avec la reine pour le château royal.

Sitôt arrivée, la reine prit la jeune fille par la main et la conduisit vers ses appartements. Ceux-ci étaient remplis du sol au plafond d'un lin si beau qu'il emplissait la pièce de doux reflets argentés et soyeux.

— Ne rechigne pas à l'ouvrage et file tout ce lin, dit alors la reine à la jeune

fille. Quand tu auras terminé, je te donnerai mon fils comme époux et tu deviendras reine.

La reine fit livrer au château le plus beau et le plus cher rouet que l'on ait jamais vu. La roue était en ivoire sculpté et les ressorts en or. Elle fit en outre apporter une grande corbeille pleine de quenouilles en bois jaune et odorant puis quitta la pièce, laissant la jeune fille seule devant la montagne de lin.

La reine partie, Liduška s'accouda à la fenêtre et se mit à pleurer. Comment pourrait-elle seulement filer seule une telle quantité de lin ? Il lui faudrait pour ce faire passer ses nuits et ses jours à manier la quenouille avec ardeur pendant au moins cent ans. Or, comme on le sait, la jeune fille aurait été bien incapable de filer ne serait-ce qu'une heure. Liduška pleura toute la nuit et elle n'avait pas même accordé un regard au lin quand le clocher du palais royal sonna midi le lendemain.

Quand la reine vint voir combien de lin Liduška avait filé, elle fut surprise de voir que la jeune fille n'avait pas commencé. Liduška lui dit qu'elle en aurait été bien incapable parce que les larmes – sa chère mère lui manquait tant – lui avaient brouillé la vue. La reine très maternelle la consola et lui dit :

– Qu'à cela ne tienne, douce enfant. Tu n'en seras que plus courageuse demain et tu n'en mériteras que davantage d'épouser mon fils et de devenir reine.

La reine partie, Liduška retourna à la fenêtre en soupirant. Elle ne travailla pas jusqu'au soir et elle ne travailla pas davantage jusqu'à ce que le clocher du palais royal sonnât midi le lendemain.

Quelle ne fut pas la surprise de la reine, quand elle vint voir combien de lin Liduška avait filé : la jeune fille n'avait encore rien fait. Liduška lui dit alors qu'elle en aurait été bien incapable tant elle avait mal à la tête après avoir pleuré si longtemps. La reine la crut de nouveau, mais elle lui dit en partant :

– Liduška, il va être grand temps que tu te mettes à l'ouvrage si tu veux épouser mon fils et devenir reine !

Et pourtant, ce soir-là, la jeune fille ne travailla pas davantage que les deux jours précédents. Elle ne daigna même pas honorer le rouet d'un regard, mais, accoudée à la fenêtre, elle regarda dehors en soupirant jusqu'à ce que le clocher du palais royal sonnât midi le lendemain. La reine se mit en colère quand elle vint voir combien de lin Liduška avait filé. La jeune fille était encore à la fenêtre et semblait ne pas devoir en bouger.

– Écoute-moi bien, Liduška, dit-elle en colère, voilà maintenant trois jours que tu ne fais rien. Demain, si tu n'as pas encore commencé à filer le lin, non seulement je ne te donnerai pas mon fils pour époux, mais je te ferai jeter dans le plus profond de nos cachots où grouillent serpents, rats et grenouilles. Je t'y laisserai mourir de faim afin que tu comprennes que l'on ne se moque pas impunément de la reine.

Ayant proféré cette menace, la reine sortit en claquant la porte.

Liduška sentit la peur monter en elle et son front se couvrit de sueur à la seule pensée du lendemain. Que pouvait-elle bien faire ? Elle prépara une quenouille et s'assit devant le rouet, mais sa paresse fut plus forte que la peur et elle ne réussit pas même à filer une quenouille entière. Elle délaissa bientôt son ouvrage et retourna à la fenêtre où elle pleura à chaudes larmes jusqu'au soir.

Elle entendit soudain frapper à la fenêtre. Liduška regarda dehors et vit trois vieilles bonnes femmes d'une laideur effrayante. L'une d'elles avait une lèvre si grande et si molle qu'elle pendait jusque sous son menton, une autre avait un pouce si large qu'il couvrait toute la paume de sa main droite et la troisième avait un pied si plat qu'on aurait pu croire qu'il avait été laminé par un fléau. Liduška eut si peur qu'elle recula vivement dans la pièce en tremblant. Les trois vieilles femmes lui sourirent amicalement et lui firent signe d'ouvrir la fenêtre.

– Tu n'as rien à redouter de nous, lui expliquèrent-elles.

La jeune fille rassurée ouvrit la fenêtre.

– Bonsoir, belle jeune fille ! Pour quelle raison pleures-tu donc ainsi ?

Liduška prit son courage à deux mains et répondit en sanglotant :

– Pauvre de moi ! Comment pourrais-je ne pas pleurer toutes les larmes de mon corps alors que je dois filer seule tout le lin que vous voyez dans cette pièce. Et il y a encore deux autres pièces également emplies de lin comme celle-ci.

Elle raconta alors aux vieilles femmes que la reine lui avait promis, quand elle aurait filé tout le lin des trois chambres, de la marier avec son fils pour qu'elle devienne reine.

– À quoi bon une telle promesse si pour ce faire je dois filer jusqu'à ma mort !

Les vieilles femmes sourirent et lui dirent :

– Vois-tu, belle jeune fille, si tu nous promets de nous inviter à tes noces avec le jeune roi et de nous faire asseoir à table à tes côtés sans avoir honte de nous devant tous les invités, alors nous te promettons de filer tout le lin que contiennent les trois pièces. Et nous aurons fini bien plus tôt que tu ne le penses.

– Je ferai tout ce que vous voudrez, répondit Liduška en souriant. Mais faites vite, pour l'amour de Dieu.

Les trois vieilles femmes entrèrent dans la pièce, envoyèrent Liduška se reposer et se mirent sans plus attendre au travail. Celle avec le pouce si extraordinairement large tirait le fil et celle avec la lèvre pendante le mouillait et le lissait alors que celle avec le pied aplati faisait tourner le rouet. Les trois vieilles étaient habiles et l'ouvrage avançait rapidement. Et c'est ainsi que quand Liduška se leva aux premières lueurs de l'aube, ses yeux incrédules purent contempler un grand nombre de bobines de lin adroitement et étroitement filé. Son cœur se mit à danser dans sa poitrine en voyant le trou que les trois fileuses avaient fait pendant la nuit dans la montagne de lin, un trou si gros qu'elle aurait pu aisément s'y coucher. Les trois vieilles dames dirent « Le Seigneur soit avec toi » et partirent par la fenêtre, non sans avoir promis de revenir le soir même.

Quand la reine vint vers midi pour voir si Liduška s'était enfin mise à l'ouvrage, elle fut émerveillée à la vue des belles bobines de lin. Son regard s'adoucit et elle complimenta la jeune fille pour son ardeur au travail.

Le soir même, à peine les derniers rayons du soleil disparus à l'horizon, les vieilles femmes frappèrent de nouveau à la fenêtre et la jeune fille leur ouvrit avec joie. Il en fut ainsi tous les jours suivants : elles arrivaient discrètement le soir et repartaient tout aussi discrètement le matin, et, pendant que Liduška dormait, elles filaient toute la nuit. Et il en fut ainsi tous les midis, la reine venait pour voir combien de lin Liduška avait filé et elle ne trouvait pas de mots suffisamment beaux pour décrire le lin docilement enroulé autour des bobines. Chaque fois, elle complimentait la jeune fille pour son ardeur au travail et lui disait :

– Dieu me pardonne, j'ai été bien injuste envers toi !

La première pièce fut bientôt vide et les vieilles femmes s'attaquèrent alors au lin de la deuxième pièce et, quand celle-ci fut presque vide, la reine commença à organiser les préparatifs du mariage royal. Quand la troisième pièce fut vide à son tour, Liduška remercia avec ferveur les vieilles femmes de l'avoir tant aidée. Celles-ci lui rappelèrent alors le marché qu'elles avaient conclu :

– N'oublie pas la promesse que tu nous as faite, belle jeune fille, et tu ne le regretteras pas.

La table du mariage fut dressée et le jeune roi se réjouissait à l'idée de prendre pour épouse une femme aussi jolie que jeune et travailleuse.

– Demande-moi ce que tu voudras, dit-il à Liduška. Je te l'accorderai.

La jeune fille se rappela la promesse faite aux trois vieilles femmes et répondit :

– Me permettras-tu d'inviter à notre mariage trois de mes tantes. Elles sont très pauvres et issues du peuple, mais elles m'ont transmis leur seule fortune : leur sagesse.

Le roi et la reine-mère l'y autorisèrent volontiers.

Le grand jour arriva enfin. Les invités prenaient place autour de la table quand la porte s'ouvrit soudain. Les trois vieilles femmes entrèrent vêtues d'habits traditionnels on ne peut plus ridicules. La fiancée se leva aussitôt et alla à leur rencontre.

– Soyez les bienvenues, chères tantes, leur dit-elle. Entrez et prenez place à mes côtés.

Les invités regardaient ces vieilles femmes avec de grands yeux étonnés et ils auraient volontiers éclaté de rire s'ils n'avaient pas redouté la colère du roi. Le roi et la reine-mère, rouges comme des pivoines, n'osèrent rien dire. N'avaient-ils pas d'ailleurs eux-mêmes autorisé Liduška à inviter ses vieilles tantes ?

Pendant tout le repas, Liduška se montra très attentive envers les vieilles femmes. Elle leur servit elle-même à boire et à manger, leur disant sans cesse :

– Mangez et buvez à volonté, chères tantes. Je vous le dois bien, car vous avez su me transmettre votre sagesse.

Quand le festin fut terminé et que les hôtes furent partis, le roi alla voir la première tante, celle dont le pied était si extraordinairement plat.

– Comment se fait-il, ma chère vieille tante, lui demanda-t-il, que votre pied soit si plat ?

– De tant filer le lin, roi bien-aimé. De tant filer le lin.

Le roi se rendit alors auprès de la vieille femme dont il avait remarqué le pouce très large.

– Comment se fait-il, ma chère vieille tante, lui demanda-t-il, que votre pouce soit si large ?

– De tant filer le lin, roi bien-aimé. De tant filer le lin.

Le roi se tourna alors vers la troisième tante, celle dont la lèvre pendait mollement sur le menton.

– Comment se fait-il, ma chère vieille tante, lui demanda-t-il, que votre lèvre soit si pendante ?

– De tant filer le lin, roi bien-aimé. De tant filer le lin.

Le jeune roi effrayé se rendit aussitôt aux côtés de sa belle épouse et lui interdit sur-le-champ et à jamais de s'asseoir devant le rouet. N'aurait-elle pas également un pied si plat, un pouce si large et une lèvre si pendante si elle filait ainsi la laine avec une telle ardeur ?

Les trois vieilles tantes disparurent comme elles étaient venues et personne n'aurait pu dire où elles étaient allées. Mais s'il est quelqu'un qui jamais ne les oublia dans ses pensées, c'est bien la reine Liduška. Jamais personne depuis que le monde est monde n'avait eu une telle reconnaissance envers autrui que Liduška envers les trois vieilles femmes, et jamais non plus depuis que le monde est monde, une femme n'avait obéi aussi volontiers aux ordres de son mari que la jeune reine n'obéit à ceux du roi.

La Montagne Dorée

d'après Božena Němcová

Libor, le fils unique d'une pauvre veuve, partit un jour apprendre le métier de jardinier. Quand il revint à la maison quelques temps plus tard, ne pouvant y demeurer sans rien faire, il se rendit aussitôt chez le jardinier du roi dans l'espoir que celui-ci lui donnerait du travail. Et de fait, il fut aussitôt engagé. Libor était un agréable compagnon et un travailleur plein d'ardeur, aussi le jardinier du roi se prit-il d'affection pour lui. Il travaillait maintenant depuis trois ans dans les jardins du roi et, étant économe, il avait mis de côté une petite somme d'argent. Un jour, midi ayant sonné, Libor posa ses outils et alla s'étendre sur les berges d'un petit étang pour se reposer sous les saules. Il se coucha dans l'herbe et somnola sous un saule dont la couronne sombre se reflétait dans les eaux bleutées de l'étang. Libor réfléchissait à ce qu'il pourrait bien s'acheter avec cet argent quand il perçut un léger clapotis de vaguelettes. Le jeune garçon écarta les branches de l'arbre et chercha du regard ce qui pouvait être à l'origine d'un tel bruit. Il aperçut alors trois jeunes filles en train de se baigner. Deux d'entre elles étaient jolies, mais la troisième était tout simplement magnifique. Libor sentit le sang lui monter à la tête, son cœur sembla vouloir exploser dans sa poitrine et sa vue se troubla soudain.

Les jeunes filles, qui ne se rendaient nullement compte que quelqu'un les espionnait, se baignèrent ainsi un long moment puis regagnèrent la rive. Elles revêtirent de longues robes blanches, couvrirent leurs visages d'un voile blanc, se transformèrent aussitôt en cygnes et s'envolèrent. Aussi longtemps que les jeunes filles s'habillèrent, Libor les regarda avec bonheur, mais dès qu'elles se furent envolées, il sauta sur ses pieds en poussant un profond soupir et écarta ses mains levées vers le ciel comme s'il avait voulu retenir les fugitives. Quand les cygnes eurent disparu à l'horizon, Libor se rendit à l'endroit où s'était tenue la plus belle des jeunes filles, se mit à genoux dans l'herbe et posa tendrement sa joue sur l'empreinte de ses pieds. Il serait certainement resté longtemps ainsi si le jardinier du roi n'était pas venu le chercher. Jamais de sa vie Libor n'avait été aussi distrait dans son travail que ce jour-là. De tout l'après-midi, il ne vit personne, n'entendit personne et ne parla à personne.

Libor réfléchit toute la nuit, et, quand les premières lueurs de l'aube éclairèrent l'horizon, il décida d'agir plus intelligemment si les jeunes femmes revenaient. Dès que midi sonna au clocher du château, il se rendit sur les bords de l'étang et se cacha non loin de l'endroit où les jeunes femmes avaient la veille déposé leurs vêtements. Les trois cygnes arrivèrent bientôt. Ils se transformèrent aussitôt en jeunes filles, celles-ci se dévêtirent et posèrent leurs vêtements sur le sol non loin du jeune homme. La plus belle d'entre elles suspendit son voile à une branche, juste au-dessus de la tête de Libor. Quand le jeune homme les entendit s'ébattre dans l'eau, il tendit la main vers le voile et le décrocha de la branche. Les jeunes filles entendirent le bruissement dans les herbes et, effrayées, elles coururent sur la rive, revêtirent rapidement leurs longs vêtements blancs, couvrirent leurs visages de leurs voiles blancs, se transformèrent en cygnes et on entendit bientôt le battement de leurs ailes dans le ciel de midi. Seule la plus jolie des trois jeunes filles cherchait encore sur la rive de l'étang son voile blanc sans lequel elle ne pouvait pas se transformer en cygne.

– Mon Dieu, murmurait-elle, des oiseaux l'auraient-ils pris, le vent l'aurait-il emporté ou un homme mal intentionné me l'aurait-il volé ?

La jeune fille pleurait et se lamentait sur son sort. Libor sortit alors du fourré.

– Dis-moi, demanda la jeune fille en s'approchant de lui, n'aurais-tu pas vu mon voile blanc ? Je l'ai perdu et ne le trouve nulle part.

– Les oiseaux ne l'ont pas pris, le vent ne l'a pas emporté et un homme mal intentionné ne l'a pas volé. Je l'ai caché sur ma poitrine, tout contre mon cœur.

– S'il te plaît, rends-le moi, le supplia la jeune fille. Je dois rejoindre mes sœurs.

– Doucement, belle enfant ! Je ne te rendrai pas ton voile et tu ne partiras pas d'ici. Je t'aime plus que tout au monde, plus que ma propre mère et plus que moi-même. Si tu ne restes pas avec moi, je mourrai de tristesse.

Tout en prononçant ces mots, Libor avait saisi la main de la jeune fille et il la regardait avec une telle tendresse que celle-ci l'écouta avec grand plaisir.

– Garde-toi bien de souhaiter que je reste avec toi, car ce serait pour toi un grand malheur. Ma mère viendrait me chercher et ce serait ta perte.

– Qu'elle vienne !, dit Libor. Pour toi, je pourrais me battre contre des géants, sauter dans les flammes et supporter les pires tourments. Reste avec moi.

– Soit, répondit la jeune fille. Je reste. Comment t'appelles-tu ?

– Libor, et toi ?

– Čekanka.

– Viens, ma chère Čekanka, je vais te mener auprès de ma mère. Elle t'aimera comme sa propre fille. Je ne suis certes pas riche, mais je travaillerai nuit et jour pour t'offrir tout ce que tu demanderas.

Main dans la main, ils se rendirent chez la mère de Libor. La vieille femme fut on ne peut plus étonnée quand elle vit son fils revenir avec une jeune fille d'une telle beauté, mais sa surprise fut encore plus grande quand son fils lui apprit qu'elle était sa promise. Elle souhaita avec tendresse la bienvenue à la jeune fille, et, émue aux larmes, donna sa bénédiction au jeune couple.

– Il me faut maintenant retourner au travail, ma petite rose adorée, dit Libor après avoir longuement parlé avec sa promise. Que souhaiterais-tu que je te rapporte ce soir ?

– Il suffit à mon bonheur que tu reviennes, mon cher Libor.

Libor rencontra sa mère sur le seuil de la maison. Il sortit le voile de sous sa chemise, le donna à sa mère et lui dit :

– Garde précieusement ce voile dans le coffre, ma chère mère, et ne le donne pas à Čekanka, dût-elle te supplier de le faire. Prends soin d'elle comme d'un bouton de rose qui éclot au printemps.

La mère rangea le voile dans son coffre et se rendit auprès de la fiancée. Elle ne savait pas le moins du monde d'où venait cette belle enfant, mais elle ne le lui demanda pas, persuadée que son fils ne saurait prendre pour épouse une femme qui n'en vaille pas la peine. Elle s'assit aux côtés de Čekanka et commença à l'entretenir de choses et d'autres, de sa maison, des bons et des mauvais côtés de son fils.

– Je l'ai souvent exhorté à se marier, mais je n'aurais jamais cru que Libor m'écoute si vite, dit la vieille femme. J'ai cru qu'il accompagnait notre princesse quand je l'ai vu arriver avec toi.

– Qu'auriez-vous donc pensé si Libor ne m'avait pas pris mon voile, chère maman. Il est vraiment de toute beauté et s'accorde si joliment avec mes vêtements. Dommage que Libor l'ait emporté avec lui, il devrait me le rendre ne serait-ce qu'un instant pour que vous puissiez me contempler avec.

– Il ne l'a pas emporté, répondit la vieille femme. Il me l'a confié en me recommandant bien de ne pas te le donner.

– Me le donner ! Mais je ne le veux pas. Je voulais juste vous montrer combien je suis belle avec ce voile.

– Attends un petit instant, jeune fille, je vais le chercher et je te le mettrai autour de la tête. Libor n'en saura rien.

La vieille femme retourna dans sa chambre, ouvrit le coffre et revint bientôt avec le voile. Čekanka le lui prit vivement des mains, le déplia et l'admira avec plaisir. Puis elle s'approcha de la fenêtre, l'ouvrit, se tourna vers la mère et lui dit :

– Chère maman, dites à Libor que s'il veut m'épouser, il lui faudra venir me chercher sur la Montagne Dorée.

Ces mots prononcés, elle couvrit sa tête avec le voile, se transforma en cygne et s'envola par la fenêtre. La pauvre femme en fut si horrifiée que son sang se figea dans ses veines. Elle redoutait ce que dirait Libor, le soir, en rentrant à la maison.

Le soleil déclina bientôt à l'horizon et Libor se hâta de rentrer auprès de sa belle promise. Il tenait dans une main un magnifique bouquet de fleurs et dans l'autre une corbeille remplie des fruits les plus savoureux. Ses joues étaient rouges et ses yeux brillaient de bonheur. Quand la vieille femme vit son fils arriver à la maison en courant, elle se mit à trembler comme une feuille dans la tempête. Libor apparut sur le seuil et regarda avec fébrilité dans la pièce.

– Où est Čekanka ?, demanda-t-il anxieusement.

Sa mère lui raconta en pleurant ce qui s'était passé et ce que lui avait dit Čekanka. Chaque mot de sa mère semblait prendre un peu plus de la couleur des joues de Libor. Les mains crispées sur sa poitrine secouée de spasmes douloureux, il regardait avec hébétude l'endroit où, quelques heures auparavant seulement, il discutait tendrement avec sa promise. Il semblait ne plus pouvoir penser. Il poussa enfin un long soupir sorti du plus profond de sa poitrine et les larmes se mirent à couler abondamment sur ses joues.

– Mère, dit-il, prépare-moi un balluchon. Je pars pour la Montagne Dorée, furent ses premiers mots après ce long silence.

– Mon fils chéri, ne me fais pas cela, supplia la mère. Que vais-je devenir sans toi ?

– Fais ce que je te dis, mère. Je ne peux plus vivre sans Čekanka et je la trouverai, dussé-je pour cela faire le tour de la terre.

Les jérémiades de la mère ne purent rien y changer. Libor prit quelque argent, mis sur son épaule son maigre balluchon, dit adieu à sa mère et partit dans le vaste monde à la recherche de la Montagne Dorée.

– Où vais-je bien pouvoir trouver cette montagne ?, se demandait-il en cheminant à travers les champs.

Libor s'engagea dans le premier chemin venu. Il marcha longtemps avant d'arriver dans une sinistre forêt dont il ne sut bientôt plus comment ressortir. Il avait mal aux pieds, la faim et la soif le torturaient et il ne semblait y avoir aucune âme qui vive dans toute la forêt. Il entendit soudain un chien qui aboyait au loin et se dit qu'il devait y avoir une maison. Et de fait, il trouva bientôt une maison perdue au cœur de la forêt et habitée par un vieux chasseur.

– Je vous serais reconnaissant de bien vouloir me donner le gîte et le couvert afin que je puisse me reposer un peu, lui dit Libor. Je me suis perdu dans la forêt et il y a fort longtemps que je n'ai ni bu ni mangé.

– Assieds-toi sur le banc, répondit le vieil homme. Je trouverai volontiers de quoi te restaurer.

Il revint bientôt avec une miche de pain et un plat de gibier qu'il posa devant Libor. Le jeune homme n'aurait pas fait plus honneur à un bon repas de la table royale qu'à ce modeste pain noir garni d'une tranche de viande.

– Où vas-tu donc ainsi, jeune homme ?, demanda le chasseur quand Libor eut mangé.

– Sur la Montagne Dorée, répondit Libor qui lui raconta son aventure par le menu. Sauriez-vous me dire où se trouve cette montagne ?

Pour toute réponse, le vieil homme ouvrit la porte, sortit un sifflet de sa poche et souffla trois fois dedans. Cent corneilles noires arrivèrent aussitôt des quatre coins de l'horizon et voletèrent autour de sa tête.

– Dites-moi, espèce de rôdeuses, demanda le chasseur, l'une d'entre vous a-t-elle déjà entendu parler de la Montagne Dorée ?

– Nous n'en avons jamais entendu parler, répondirent les corneilles. Mais nos sœurs qui servent ton frère sauront sûrement où se trouve cette montagne.

Le chasseur renvoya les corneilles et se tourna vers Libor.

– Tu vas aller demander à mon frère, jeune homme. Il habite à cent lieues d'ici dans une forêt. Transmets-lui mes salutations et prie-le de te dire où se trouve la Montagne Dorée.

Libor remercia le chasseur pour son hospitalité et ses bons conseils, lui dit adieu et reprit sa route. Cent lieues sont une bien grande distance, mais Libor ne perdit pas de temps en chemin et il arriva bientôt au bout de son voyage. Le frère du chasseur, qui vivait également dans une forêt très profonde, accueillit Libor avec bienveillance. Libor lui transmit les salutations de son frère et lui demanda s'il savait où se trouvait la Montagne Dorée. L'homme tira un sifflet de sa poche et souffla par trois fois dedans. Il fut bientôt entouré par deux cents corneilles qui tournoyaient autour de lui.

– L'une d'entre vous pourra-t-elle me dire où se trouve la Montagne Dorée ?, demanda-t-il.

– Aucune d'entre nous n'en a jamais entendu parler, répondirent les corneilles. Mais nos sœurs qui servent ton frère sauront sûrement où se trouve cette montagne.

– As-tu entendu ce qu'elles ont dit, jeune homme ?, demanda l'homme. Il ne te reste donc plus qu'à faire deux cents lieues pour te rendre chez mon frère et lui demander s'il sait où se trouve la Montagne Dorée. Mais avant de partir mange et bois à volonté pour reprendre des forces.

L'homme lui apporta du pain, de la viande et du vin. Libor mangea avec grand appétit, remercia l'homme pour son hospitalité et reprit sans tarder son pèlerinage. Le jeune homme parcourut rapidement les deux cents lieues, porté par l'espoir de revoir bientôt sa chère Čekanka, et il eut bientôt les deux cents lieues derrière lui et la cabane du troisième frère devant lui. « Si cet homme ne peut pas me dire où se trouve la Montagne Dorée, je ne vois pas à qui je pourrais encore le demander », pensa Libor en franchissant le seuil de la cabane. Le troisième frère lui souhaita la bienvenue avec la même amabilité que ses deux frères et Libor lui demanda s'il savait où se trouvait la Montagne Dorée. L'homme sortit un sifflet de sa poche et souffla dedans trois fois. Un vol de trois cents corneilles obscurcit soudain le ciel et l'homme leur dit :

– J'aimerais savoir où se trouve la Montagne Dorée. Que celles d'entre vous qui le savent me le disent immédiatement.

Une corneille s'avança en boitant vers son maître et dit :

– Je sais où se trouve la Montagne Dorée. Elle s'élève au milieu d'une vallée de toute beauté et on la voit briller de très loin. À son sommet se trouve le Château Doré dans lequel habitent une sorcière et ses trois filles. Il faut se méfier de cette vieille femme. Un jour, j'ai voulu voir ce château de plus près, la vieille m'a aperçue et m'a jeté une pierre. La pierre m'a brisé le pied et c'est pourquoi je boite maintenant.

– Voilà qui t'apprendra à être curieuse, la sermonna l'homme. Pour ta peine, je vais t'envoyer sur la Montagne Dorée. Sur tes ailes, tu porteras mon hôte que tu déposeras au pied de la montagne. Les autres, disparaissez de ma vue.

La pauvre corneille boiteuse n'était guère enthousiaste par l'idée de retourner près de ce château, mais elle se serait bien gardée de désobéir à son maître qui punissait sévèrement quiconque se rebellait contre lui. L'homme offrit le couvert à Libor et celui-ci accepta avec reconnaissance avant de repartir.

– Ramasse tout d'abord trois glands et cache-les soigneusement au fond de ta poche, lui dit la corneille alors que Libor allait s'asseoir sur son dos. Tu en laisseras tomber un chaque fois que je le te dirai.

Libor fit ce que la corneille lui demandait puis il s'assit entre ses ailes. La corneille s'envola au-dessus d'une profonde forêt, et les champs, villages et fleuves disparurent bientôt derrière un épais rideau de nuages. Quand celui-ci se déchira enfin, ils étaient arrivés au bout du monde, là où commence la mer infinie qu'ils voyaient briller à leurs pieds. Ils volaient depuis un long moment déjà au-dessus des flots quand la corneille cria :

– Laisse tomber un gland !

Libor sortit un gland de sa poche, le laissa tomber dans la mer et un chêne puissant poussa subitement au milieu des vagues. La corneille se posa sur la couronne de l'arbre pour se reposer.

– La route est longue jusqu'à l'autre rive de la mer infinie, dit la corneille. Il me faut ménager mes ailes si nous voulons y arriver.

Libor et la corneille se reposèrent longuement à l'ombre de la frondaison puis la corneille reprit son vol avec une toute nouvelle ardeur. Le chêne disparut alors aussi merveilleusement qu'il était apparu. Par deux fois avant qu'ils n'atteignent l'autre rive de la mer, Libor jeta un gland dans les flots bleus et par deux fois un chêne offrit à la corneille et à Libor l'abri de son feuillage.

Arrivée sur l'autre rive, la corneille se posa sur une colline et dit :

– La Montagne Dorée ne se trouve maintenant qu'à cent lieues d'ici. Je t'ai fait faire la plus grande partie du chemin, et surtout la plus difficile, tu peux continuer tout seul maintenant. Je retourne à la maison, car je n'ai guère envie que cette sorcière me jette encore des pierres. Il ne me reste plus qu'une patte et je ne tiens pas à la perdre.

Elle s'envola et Libor ne put que regarder avec colère s'éloigner cet infidèle compagnon. C'est alors qu'il entendit un cri effrayant au pied de la colline. Le jeune homme en descendit les flancs pour voir ce qui se passait et vit deux géants très puissants en train de se battre. Les deux combattants aperçurent Libor et, oubliant pour un instant leur querelle, ils crièrent :

– Comment oses-tu seulement, pauvre petit être misérable, pénétrer dans notre royaume ?

– Je viens d'au-delà des mers et je voulais juste me reposer sur cette colline avant de poursuivre mon voyage, répondit Libor. Je vous ai entendu crier et, ne sachant ni ce qui se passait ni que j'étais dans votre royaume, je suis descendu pour voir.

– Sois alors pardonné, dit l'un des géants. Mais disparais maintenant de notre vue pour que nous puissions enfin vider notre querelle.

– Puis-je vous demander quel en est l'objet ?, dit le jeune homme. J'ai parcouru le monde et vu bien des choses, peut-être pourrais-je vous être de bon conseil.

– Va-t'en, dit l'un des géants. Ce que tu peux nous conseiller nous le savons nous-mêmes depuis fort longtemps.

– Reste, dit le second. Je vais t'expliquer la situation et j'espère que tu sauras nous conseiller. Tu vois cette selle, nous l'avons tous deux héritée de notre père. Or, cette selle a un pouvoir : que celui qui s'assoit dessus dise « Selle, transporte-moi à tel endroit » et il s'y trouve sur-le-champ transporté. Tu comprendras donc que nous voulions tous deux la posséder, et, n'arrivant pas à nous mettre d'accord, nous avons décidé de nous battre. Celui qui l'emportera gagnera également la selle.

– Je veux bien faire le médiateur, mais je dois tout d'abord voir cette selle, dit Libor en s'approchant doucement de l'objet du litige.

Avant même que les géants n'aient eu le temps de réagir, Libor était monté sur la selle et avait crié : « Selle, transporte-moi sur le sommet de la Montagne Dorée ! » Libor disparu avec la selle, les deux géants n'avaient dès lors plus aucune raison de se disputer.

En un éclair, Libor se retrouva au sommet de la Montagne Dorée devant la porte du Château Doré. Il frappa à la porte. On poussa le loquet sur le côté, une vieille femme apparut et demanda à Libor ce qu'il voulait.

– Je cherche ma promise. Elle s'appelle Čekanka. Si elle est ici et si vous êtes la maîtresse des lieux, alors conduisez-moi à elle.

– Doucement, jeune homme. Je suis effectivement la maîtresse de ce château et Čekanka est ma fille, mais ne crois pas que tu puisses l'obtenir si facilement.

– Et que dois-je faire pour la mériter ?, demanda Libor.

– Tu devras accomplir trois tâches. Si tu y réussis, je te donnerai Čekanka pour épouse. Si tu échoues, tu seras un enfant de la mort.

– Dites ce que vous voulez que je fasse et je le ferai.

– Alors tu peux entrer, dit l'horrible sorcière.

La vieille femme conduisit le jeune homme à travers une cour de marbre auprès de Čekanka. Elle le fit attendre dans de somptueux appartements et partit. Libor n'attendit que quelques instants, la porte s'ouvrit et Čekanka apparut sur le seuil. Libor s'élança vers elle et la serra contre sa poitrine.

– Si tu savais comme tu m'as manqué, ma chère enfant. Pourquoi n'es-tu pas restée près de moi ? Pourquoi me fais-tu subir de tels tourments ? Qui sait si je pourrai seulement t'arracher à ta mère maintenant.

– Tu aurais enduré des tourments encore plus grands si j'étais restée auprès de toi. Ne m'en tiens pas rigueur et aie confiance en moi comme j'ai confiance en toi. Tu verras, tout finira pour le mieux.

Ayant consolé son bien-aimé, Čekanka quitta la pièce. La nuit se mit bientôt à tomber. On offrit à Libor un bon repas puis il alla se coucher dans un lit confortable et s'endormit d'un sommeil profond. Le lendemain matin, à peine s'était-il habillé que la vieille sorcière lui apportait le petit déjeuner.

– Si tu veux mériter Čekanka, suis-moi tout de suite. Je vais te confier ta première tâche.

Libor ne se le fit pas dire deux fois et il suivit la vieille femme dans la cour où elle lui donna une scie en bois, une hache en bois et une cognée en bois. Elle le conduisit ensuite à la lisière d'une forêt de sapins et lui dit :

– Ce soir, je veux avoir à cet endroit trois cents stères de bois coupé. Je te tuerai si tu n'y parviens pas.

Libor avait davantage envie de pleurer que de travailler. Comment en effet aurait-il pu accomplir une telle tâche avec ces outils de bois ? Il se saisit de la hache et voulut la planter dans un arbre. La lame éclata contre l'écorce et Libor se retrouva avec le manche dans la main. Il en fut de même avec la scie et la cognée. Le jeune homme jeta les outils brisés à terre et se coucha dans la mousse. Bercé par le chant des oiseaux, il en oublia la mort qui l'attendait en pensant à sa tendre promise. Ne lui avait-elle pas en outre promis qu'elle lui viendrait en aide ? À midi, Čekanka vint lui porter son repas.

– Moi qui croyais que tu serais en train de t'abîmer les mains à l'ouvrage et tu te reposes dans la mousse !, s'exclama-t-elle.

– Ah quoi bon, répondit Libor. La hache, la cognée et la scie se sont cassées en mille morceaux. Je ne peux rien faire et je vais mourir.

– Ne parle pas ainsi. Aurais-tu déjà oublié ce que je t'ai dit ? Assieds-toi et je vais moi-même faire le travail.

Ayant dit ces mots, Čekanka s'écarta de quelques pas, tourna trois fois sa bague autour de son index et s'écria :

– Je veux à cet endroit trois cents stères de bois coupé !

La forêt s'emplit soudain du bruit d'arbres que l'on abattait, de branches que l'on coupait et de troncs que l'on fendait,

et, avant même que Libor n'ait fini son repas de midi, trois cents stères de beau bois coupé étaient empilés devant lui.

Libor fut très étonné de ce grand tour de magie, mais, de ce jour, il sut qu'il n'avait plus rien à craindre de la vieille sorcière. Čekanka repartit bien vite, non sans avoir recommandé à son fiancé de ne rien dire à sa mère. Quelle ne fut pas la colère de la vieille femme quand elle vit, le soir, que Libor avait accompli la tâche qu'elle lui avait confiée. Elle reconduisit Libor dans sa chambre où elle lui porta elle-même le repas du soir. Le lendemain matin, la sorcière donna à Libor deux seaux cerclés de métal et lui dit de la suivre. Quand ils arrivèrent au bord d'un étang, la vieille femme lui dit :

– Arrose la montagne avec toute l'eau de cet étang. Si tu n'y parviens pas, je te tuerai.

Libor s'assit sur le sol et attendit que le soleil soit au zénith. Comment aurait-il pu en effet porter toute cette eau au sommet de la montagne avec ces deux misérables seaux ? Quand midi arriva, Čekanka lui apporta le repas.

– J'ai l'impression que tu n'as pas fait grand-chose jusqu'à maintenant, dit-elle en voyant Libor qui se reposait sur le sol.

– À quoi bon essayer. Sans ton aide, je n'y arriverai jamais.

Čekanka tourna sa bague autour de son index et s'écria :

– Je veux que l'eau de cet étang s'écoule sur les flancs de cette montagne et y reste jusqu'au coucher du soleil.

En un clin d'œil, le lac se vida de son eau et la montagne fut entourée jusqu'à la cime de vagues clapotantes. Libor remercia sa promise d'un baiser ardent et Čekanka retourna bien vite à la maison. Le soir, la vieille sorcière entra dans une colère épouvantable en voyant que Libor avait accompli cette impossible tâche. Ce soir-là, Libor mangea tranquillement et dormit d'un sommeil paisible. Le lendemain matin, la vieille femme lui ordonna de la suivre sur un pré. Elle se plaça au milieu du pré, sortit un sifflet et souffla trois fois dedans. Trois cents lapins jaillirent de la forêt et se mirent à bondir dans tous les sens comme des sauterelles.

– Tu garderas ces lapins jusqu'à ce soir dans ce pré. Qu'il en manque, ne serait-ce qu'un seul et je te tuerai.

À peine la vieille eut-elle tourné le dos que les lapins s'éparpillaient dans la forêt.

– Il faudrait que je sois fou pour courir derrière eux toute la journée, se dit Libor. Čekanka tournera trois fois sa bague autour de son index et tous les lapins reviendront comme par enchantement.

Et il en fut ainsi, si bien que le soir même, quand la vieille femme vint chercher Libor, elle devint violette de rage en voyant qu'il ne manquait pas un seul lapin. Libor l'attendait en souriant avec ravissement.

– Maintenant Čekanka est mienne, se contenta-t-il de dire en retournant au château avec la vieille femme.

– Tu pourras l'emmener avec toi demain, répondit la sorcière en grinçant des dents.

Libor se mit au lit et s'endormit rapidement, mais il fut bientôt réveillé par un roucoulement sur le rebord de sa fenêtre. Il sauta du lit, ouvrit la fenêtre et découvrit une magnifique tourterelle.

– Eh bien, petite tourterelle, que cherches-tu donc ici ?

– Mais c'est toi que je cherche Libor, puisque je suis ta Čekanka, répondit la tourterelle qui se posa sur l'épaule de Libor en donnant d'affectueux coups de bec sur ses joues bronzées. Je vais te donner un bon conseil pour demain matin. Ma mère va te conduire dans une grande salle où seront réunies trois cents jeunes filles qui toutes me ressemblent. Tu devras réussir à me trouver parmi elles. Il te faudra observer avec grand soin les yeux des jeunes filles. Choisis celle qui te fera un clin d'œil avec l'œil droit, car ce sera moi.

– Je te remercie mille fois, ma tendre tourterelle, mais avec ou sans clin d'œil, je saurai te reconnaître parmi mille autres semblables à toi.

– C'est ce que tu crois, mais tu verras bien demain.

La tourterelle s'envola sans bruit et Libor se remit au lit, guettant avec impatience les premières lueurs de l'aube. La vieille femme vint le chercher dès qu'il eut fini son petit déjeuner et le guida vers une grande pièce si somptueuse que Libor crut qu'il rêvait. Sur le plafond en or brillaient une lune et des centaines d'étoiles en diamant pur, et aux murs, juste au-dessus de canapés recouverts de soie rouge relevée de petites fleurs en argent, étaient suspendus de très grands miroirs. L'éclat des étoiles sur le plafond paraissait bien pâle à côté de celui des trois cents yeux des jeunes filles qui regardaient Libor en lui souriant avec douceur. Les vêtements argentés frou-froutaient à travers la salle et les jeunes filles glissaient sur le sol comme autant de cygnes. Chacune d'entre elles levait un instant les yeux vers Libor en passant devant lui. Libor remercia en pensée Čekanka, car il n'aurait vraiment pas su laquelle d'entre elles était sa promise si celle-ci ne lui avait pas adressé une œillade complice avec l'œil droit.

– C'est elle, ma Čekanka, s'exclama Libor en la prenant par le bras.

– Soit, dit la sorcière, elle est tienne. Mais tu ne pourras quitter le château avec elle que demain matin.

Libor se serait plié à toutes les exigences de la sorcière maintenant qu'il possédait ce qu'il avait si ardemment désiré. Quand il entra dans sa chambre avec sa promise, il lui demanda si elle avait réellement tant de sœurs.

– Non, lui répondit Čekanka. Je n'ai que deux sœurs. Les autres étaient des mirages que ma mère avait appelés de par sa magie. Elle t'aurait tué sur-le-champ si par malheur tu avais choisi l'une d'elles.

– Combien de fois m'as-tu donc sauvé d'une mort certaine, ma chère Čekanka !, s'exclama Libor en embrassant avec passion son front couleur d'ivoire. Ta mère me semble être un véritable dragon.

– Elle est peut-être même pire que tu ne penses. Je redoute d'ailleurs encore qu'il ne t'arrive malheur d'ici demain et c'est pourquoi je reste maintenant tout le temps avec toi.

Et de fait, elle ne le quitta pas jusqu'au soir. Avant de se retirer dans sa chambre, elle lui dit encore :

– Si je devais avoir quelque mauvais pressentiment, je viendrais vite te chercher et nous fuirions dans la nuit.

Est-ce par amour ou par peur, toujours est-il que Libor ne réussit pas à s'endormir. Vers minuit, il entendit frapper quelqu'un aux carreaux. Le jeune homme se leva, ouvrit la fenêtre et un cygne entra dans sa chambre. Ce cygne n'était autre que Čekanka qui dit à Libor :

– Enserre bien mon corps dans tes deux bras et pose ta tête contre la mienne. Nous allons nous recouvrir de ce voile blanc et nous nous envolerons tous les deux par la fenêtre, car ma mère veut te tuer à l'aube.

Libor ne se le fit pas dire deux fois, il enlaça tendrement le corps souple de sa compagne, appuya doucement sa tête contre la sienne et Čekanka jeta le voile blanc sur leurs deux têtes. Bientôt deux cygnes volèrent dans la nuit jusqu'au pied de la Montagne Dorée où se trouvaient deux paires de bottes et un petit coffre.

– Enfile une paire de bottes et je mettrai l'autre. Ce sont des bottes de dix

lieues que j'ai volées à ma mère. Ce coffre renferme des objets de valeur et il te faudra en prendre soin.

Ils enfilèrent les bottes et, main dans la main, ils se mirent en chemin, mais à chaque pas, ils faisaient dix lieues. La vieille sorcière dut avoir perçu quelque bruit, car elle se rendit silencieusement dans la chambre de Čekanka. Trouvant le lit vide, la sorcière blêmit et alla en toute hâte dans la chambre de Libor. Elle n'y trouva personne. En colère, elle alla chercher ses bottes de dix lieues, mais celles-ci avaient également disparu. Elle enfila alors ses bottes de quinze lieues et partit, folle de rage, à la poursuite des fugitifs.

– Libor, dit Čekanka quand le soleil se leva, regarde bien si personne ne nous suit.

– Je vois au loin une forme sombre.

– C'est ma mère. Pose le coffret sur le sol, monte dessus et étreins étroitement mon corps.

Čekanka tourna ensuite trois fois sa bague autour de son index.

– Que mon bien-aimé soit un buisson, et moi une rose sur l'une de ses branches.

Il ne se passa guère de temps avant que la vieille femme ne passât devant eux. Mais, ivre de colère, elle ne remarqua ni le buisson ni son unique bouton qui commençait à s'ouvrir dans le soleil du matin.

À peine la vieille sorcière eut-elle disparu que les deux amoureux retrouvèrent leurs formes humaines et reprirent la fuite. La vieille femme s'aperçut toutefois bientôt qu'elle s'était trompée de route et rebroussa chemin.

– Libor, regarde bien si personne ne nous suit, dit Čekanka alors qu'ils traversaient une profonde forêt.

– Je ne vois rien, mais j'entends du bruit dans le lointain.

– C'est ma mère. Monte sur le coffret.

Elle tourna de nouveau sa bague autour de son index et dit :

– Que mon bien-aimé soit une chapelle, et moi sa chaire.

La vieille sorcière arriva bientôt, mais, au comble de l'exaspération, elle n'accorda pas même un regard à l'église et à sa chaire. Ravis, les deux amoureux se remirent en chemin sans tarder. Mais une nouvelle fois, la vieille sorcière remarqua qu'elle n'avait pas pris le bon chemin et elle fit demi-tour.

– Libor, regarde bien si quelqu'un nous suit, demanda une troisième fois Čekanka alors qu'ils avaient atteint le milieu d'une prairie.

– Une ombre marche derrière nous, répondit Libor.

– C'est encore ma mère. Vite, monte sur le coffret.

La jeune fille tourna trois fois sa bague autour de son index et dit :

– Que mon bien-aimé soit un étang, et moi un cygne qui nage sur son onde.

Cette fois, la vieille femme devait avoir vu la chose de loin, car elle se transforma soudain en bœuf et se mit en devoir de boire l'eau de l'étang. Le pauvre cygne allait bientôt avoir les pieds dans la vase et il redoutait à chaque instant d'être aspiré par le bœuf quand celui-ci éclata et l'eau se déversa dans l'étang.

Le cygne battit des ailes avec joie et l'étang et le cygne devinrent à nouveau Libor et la belle Čekanka.

Les deux amoureux reprirent aussitôt leur chemin pour ne pas voir l'horrible cadavre. Cette fois-ci toutefois, ils s'accordèrent une longue pause, et, ayant repris des forces, ils marchèrent avec ardeur jusqu'à la maison de Libor.

La mère de Libor était une bien faible femme maintenant. Nuit et jour, elle ne pensait qu'à son fils, se demandant où il était, ce qu'il faisait, et surtout si elle le reverrait avant sa mort. Un jour pourtant, une jeune et jolie femme passa devant la fenêtre, la porte s'ouvrit et Libor accompagné de Čekanka entra dans l'humble demeure. La vieille mère de Libor en serait sûrement tombée sur le sol si son fils ne l'avait pas prise dans ses bras.

– Viens, ma chère mère. Donne notre maison à qui tu veux, nous avons une autre demeure pour toi, dit Libor quand elle se fut calmée.

Il lui dit alors qu'il possédait maintenant un château qu'il avait acheté avec Čekanka sur le chemin du retour. Sa mère donna sa maison à une vieille femme et suivit son fils adoré. Derrière la maison, attendait une voiture tirée par quatre chevaux, ils y montèrent et la voiture s'éloigna rapidement vers leur nouvelle patrie.

Libor vécut longtemps et heureux avec la belle Čekanka et jamais un nuage ne vint assombrir le ciel bleu de leur idylle. La mère malade devint une solide grand-mère ragaillardie par le bonheur de son fils et il est peu dire qu'elle prit plaisir à bercer ses nombreux petits-enfants.

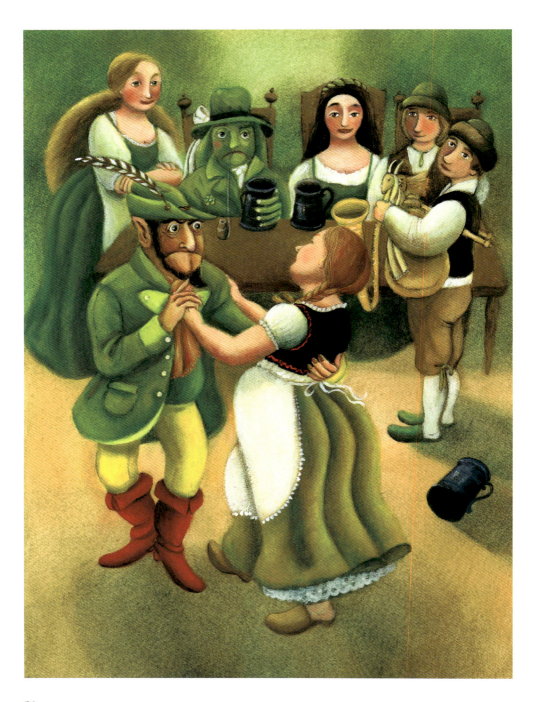

CATHERINE ET LE DIABLE
d'après Božena Němcová

Il était une fois dans un petit village une vieille demoiselle qui répondait au nom de Catherine. Catherine possédait certes sa maisonnette, un petit jardin et même quelques florins, mais, quand bien même elle eût été couverte d'or de la tête aux pieds, le plus pauvre des hommes n'aurait pas accepté de l'épouser. Il convient ici de dire que Catherine était pire que le Diable et qu'on entendait ses cris à plus d'une lieue à la ronde quand elle se chamaillait avec quelqu'un.

Catherine était toujours au premier rang pour assister au bal du dimanche. Les jeunes hommes invitaient les jeunes filles et celles-ci se laissaient volontiers entraîner dans la ronde. Mais jamais Catherine n'avait connu cet honneur, et elle avait déjà quarante ans, car pas un homme n'aurait dansé avec elle, quand bien même elle eût payé de sa poche le joueur de cornemuse. Malgré cela, elle ne ratait aucun dimanche. Un jour, alors qu'elle se rendait au bal, elle pensa : « Je suis déjà si âgée et jamais je n'ai dansé avec un jeune homme. Il y a bien là de quoi rager, non ? Aujourd'hui, je danserais même avec le Diable quoi qu'il m'en coûte. »

Catherine est en colère quand elle entre dans la taverne, elle s'assied près du poêle et observe les couples qui dansent. Tout à coup, la porte s'ouvre et un homme, vêtu d'un costume de chasseur, entre. Il s'assied non loin de Catherine et hèle la servante. Celle-ci lui apporte une bière, l'homme la prend, s'approche de Catherine et l'invite à boire avec lui.

Catherine s'étonna certes fort qu'un homme lui fasse un tel honneur, mais, après avoir joué la prude un certain temps, elle accepta volontiers cette invitation inespérée. L'homme posa alors sa chope, tira un ducat de sa poche, le jeta aux pieds du joueur de cornemuse et dit : « Une danse pour moi, les garçons ! » Les danseurs s'écartèrent et l'homme entraîna Catherine sur la piste de danse.

« Mon Dieu, voilà qui ne présage rien de bon », pensèrent les vieux avec inquiétude. Les garçons firent des grimaces et les jeunes filles, le visage dissimulé dans leurs tabliers afin que Catherine ne les voie pas rire, se cachèrent les unes derrière les autres. Mais Catherine ne voyait personne tant elle était heureuse de danser. Et quand bien même le monde entier eût ri, elle n'y aurait pas accordé la moindre importance. L'homme dansa avec Catherine jusqu'à la tombée de la nuit, il lui offrit de la pâte d'amandes et de la limonade, et, quand il fut temps de rentrer, il la raccompagna jusque chez elle.

– Je pourrais danser ainsi avec vous jusqu'à la fin de mes jours, dit Catherine quand l'homme prit congé d'elle.

– Qu'à cela ne tienne, suis-moi.

– Où habitez-vous ?

– Suspends-toi à mon cou, je te le dirai.

Catherine fit ce que l'homme lui avait dit mais, à ce même moment, l'homme se transforma en Diable et s'envola en droite ligne vers l'Enfer. Il s'arrêta devant la porte de l'Enfer, frappa, ses collègues vinrent lui ouvrir et, voyant leur camarade épuisé, ils voulurent faire descendre Catherine de son dos. Mais Catherine se cramponnait de toutes ses forces et refusait de mettre pied à terre. Le Diable dut donc se présenter à Lucifer avec la vieille fille suspendue à son cou.

– Qui nous amènes-tu donc là ?, lui demanda le maître de l'Enfer.

Le Diable lui raconta comment, lors de son voyage sur la terre, il avait entendu Catherine se lamenter de ne jamais être invitée à danser, et comment, pour la consoler, il s'était laissé aller à danser avec elle.

– Je voulais ensuite lui montrer l'Enfer, conclut-il, mais j'étais loin de me douter qu'elle ne voudrait plus me lâcher.

– Tu es un sot et tu n'écoutes pas mes leçons, lui reprocha Lucifer. Avant d'entreprendre quoi que ce soit avec qui que ce soit, il te faut en connaître les intentions. Si tu y avais pensé alors que tu dansais avec Catherine, tu ne l'aurais pas prise avec toi. Sors de ma vue et fais en sorte de te débarrasser rapidement de cet encombrant fardeau.

Fort contrarié, le Diable retourna en hâte sur la terre. Il promit à Catherine monts et merveilles si elle le lâchait, il se fâcha, gronda, mais rien n'y fit. Fatigué et en colère, il arriva, toujours portant Catherine, près d'un pré où un jeune pâtre vêtu d'une épaisse pelisse gardait des moutons. Le Diable ayant pris apparence humaine, le pâtre ne le reconnut pas.

– Qui portes-tu ainsi sur ton dos, mon ami ?, demanda-t-il au Diable en toute confiance.

– Ah, mon bon monsieur, je suis exténué. Pensez donc, j'allais mon chemin sans penser à mal, et voilà que cette donzelle me saute sur le dos. Et elle refuse maintenant de me lâcher. Je voulais la porter jusqu'au prochain village dans l'espoir de lui trouver un mari, mais je n'en peux plus, mes jambes se dérobent.

– Attendez un petit instant, je vais vous débarrasser de cette importune, mais pour peu de temps seulement, car je dois ensuite revenir à mes moutons. Je veux bien la porter sur la moitié du chemin.

– Vous m'en verriez ravi.

– Suspends-toi à mon cou, dit le pâtre à Catherine.

Catherine lâcha le Diable sans plus attendre et se cramponna aux longs poils de la pelisse. Le frêle pâtre portait maintenant un lourd fardeau : Catherine sur l'épaisse fourrure ! Il fut bientôt las de la porter et chercha un moyen de se débarrasser d'elle. Oui, mais comment ? « Si seulement je pouvais enlever la fourrure avec Catherine dessus ! », se dit-il alors qu'il arrivait au bord d'un étang. Il enleva précautionneusement une manche, Catherine ne remarqua rien, il ôta la deuxième, Catherine ne le remarqua pas davantage, il dénoua le premier bouton, il dénoua le deuxième bouton, le troisième, et plouf ! Catherine tomba à l'eau avec le manteau.

Le Diable n'avait pas suivi le pâtre, mais, assis sur le sol, il gardait les moutons, curieux de voir quand le pâtre reviendrait avec Catherine. Son attente ne fut pas longue. La fourrure mouillée sur l'épaule, le pâtre revint bientôt à grands pas vers son troupeau, persuadé que l'étranger l'avait abandonné pour se rendre au village voisin. Les deux hommes furent aussi surpris l'un que l'autre, le Diable de voir revenir le pâtre sans Catherine, et le pâtre que l'homme fût resté auprès de son troupeau. Le Diable dit alors au pâtre :

– Je te remercie, tu m'as rendu un fier service. Sans toi, j'aurais vraisemblablement porté Catherine jusqu'au Jugement dernier. Je n'oublierai jamais ce que tu as fait pour moi et saurai t'en récompenser largement. Mais afin que tu saches qui tu

as aidé dans la détresse, je me dois de te révéler que je suis le Diable.

Sur ces mots, il disparut.

– Si tous les Diables sont aussi stupides que celui-ci, alors tout va pour le mieux, se dit le pâtre déconcentré.

Le pays dans lequel vivait le pâtre était dirigé par un jeune prince et deux gouverneurs qui pillaient le pays à leur profit,

aussi tous les sujets du royaume leur vouaient-ils une haine farouche. Un jour, le prince manda l'astrologue et lui ordonna de lire dans les étoiles son propre destin et celui de ses deux gouverneurs. L'astrologue étudia les astres, leur demandant de quelle fin périraient ces trois scélérats.

– Je suis désolé, Altesse princière, dit-il quand il eut achevé ses observations, mais je n'ose pas te dire quel destin effroyable vous attend, toi et tes deux gouverneurs.

– Parle, quoi que tu aies à me dire ! Mais tu resteras près de moi et je te ferai trancher le cou si tes prophéties devaient ne pas se réaliser.

– Soit, s'inclina l'astrologue. Alors écoute-moi : avant le deuxième quartier de lune, le Diable viendra chercher tes deux gouverneurs, à un jour et une heure bien précis. Au début de la pleine lune, c'est toi, Altesse princière, que le Diable viendra chercher et il vous emmènera tous les trois, vivants, en Enfer.

– Que l'on jette cet imposteur en prison !, ordonna le prince en colère.

Les gardes firent ce qu'on leur demandait. En son for intérieur toutefois, le prince ne se sentait pas aussi tranquille qu'il voulait bien le paraître. Les mots de l'astrologue résonnaient dans sa tête comme les trompettes du Jugement dernier, et, pour la première fois de sa vie, il connut les affres du scrupule ! De ce jour en effet, le prince revint dans le droit chemin, espérant ainsi conjurer son effroyable destinée. Ses gouverneurs, terrorisés, rassemblèrent toute leur fortune et se barricadèrent dans leurs châteaux afin que le Diable ne vînt pas les chercher.

Quant à l'humble pâtre, il gardait ses moutons sans se soucier le moins du monde de ces évènements inquiétants. Un jour, alors qu'il ne l'attendait plus, le Diable apparut et lui dit :

– Pâtre, je suis venu te récompenser pour le service que tu m'as naguère rendu. Quand sera apparu dans le ciel le premier croissant de lune, je viendrai chercher les deux anciens gouverneurs et les emmènerai en Enfer, parce qu'ils ont volé les pauvres et donné de mauvais conseils au prince. Mais, sachant qu'ils feront amende honorable, je les laisserai sur terre et je veux en profiter pour te récompenser. Ce jour-là, tu te rendras dans le château du premier gouverneur où une grande foule sera assemblée. Tu entendras un grand cri à l'intérieur du château et le domestique ouvrira la porte. Quand je sortirai en emportant le maître des lieux, tu t'approcheras de moi en disant : « Va-t'en immédiatement, autrement tu pourrais le regretter ! » Je t'obéirai et je partirai. Fais-toi alors donner deux sacs d'or par le maître des lieux et, s'il refuse, dis-lui que tu me rappelleras. Rends-toi ensuite au château du deuxième gouverneur. Tu y feras de même et exigeras la même récompense. Garde-toi bien toutefois d'utiliser cet argent à de mauvaises fins. Plus tard, quand la lune sera pleine, je viendrai chercher le prince lui-même, mais je te conjure de ne pas venir le libérer également, car, sinon, tu le paierais de ta vie. Sur ces mots, il disparut.

Le pâtre qui avait enregistré chacun de ces mots, demanda son congé dès qu'apparut dans le ciel le premier croissant de lune. Il se rendit au château du premier gouverneur où il arriva à point nommé. Une grande foule s'y était assemblée et attendait le moment où le Diable emporterait le maître des lieux. Un cri désespéré retentit soudain au cœur du château, la porte s'ouvrit et le Diable sortit, emportant le maître des lieux plus mort que vif. Le pâtre se détacha alors de la foule, prit le maître des lieux par la main et dit au Diable : « Va-t'en immédiatement, autrement tu pourrais le regretter ! » Le Diable disparut séance tenante et le maître des lieux, ravi, embrassa le pâtre en lui promettant une forte récompense. Le pâtre exigea alors qu'il lui donnât deux sacs d'or et le maître ordonna qu'on lui donnât ce qu'il avait demandé.

Satisfait, le pâtre se rendit alors au château du deuxième gouverneur où les choses se passèrent de la même manière. Bien évidemment, les exploits du courageux pâtre ne tardèrent pas à venir aux oreilles du prince et ce dernier l'envoya aussitôt chercher par une voiture tirée par quatre chevaux. Le prince supplia le pâtre d'avoir pitié de lui et de faire son possible pour le tirer des griffes du Diable.

— Maître, lui répondit le pâtre, je ne peux rien vous promettre, car il s'agit de ma personne. Vous êtes un pécheur impénitent, mais si vous vous amendez et gouvernez votre peuple avec bonté et sagesse, comme il se doit d'un prince respectueux de son peuple, j'essaierai, dussé-je pour cela aller à votre place en Enfer.

Le prince acquiesça avec reconnaissance et le pâtre s'en alla, non sans avoir promis de revenir le jour dit.

Le peuple, qui avait autrefois appelé de ses vœux la fin horrible de son prince, attendait maintenant la pleine lune dans l'angoisse, car, du jour où le prince s'était amendé, personne n'aurait pu souhaiter souverain plus attentif. Les jours s'écoulent rapidement, qu'on les compte dans la joie ou la tristesse, et, avant même que le prince ne s'en soit aperçu, le jour

vint où il devait se séparer de tout ce qu'il aimait. Dans un costume noir, pâle comme la mort, le prince attendait, le Diable ou le pâtre. La porte s'ouvrit soudain et le Diable apparut à ses yeux.

– Prépare-toi, Prince. Ton heure est passée et je suis venu te chercher.

Le prince se leva sans un mot et sortit avec le Diable dans la cour du château. Le pâtre tout excité se fraya alors un chemin parmi la foule et cria au Diable :

– Va-t'en, autrement tu pourrais le regretter.

– Comment peux-tu seulement oser te mettre sur ma route ? Ne te rappelles-tu pas ce que je t'ai dit ? murmura le Diable à l'oreille du pâtre.

– Pauvre Diable, peu m'importe le prince, c'est pour toi que je suis venu. Catherine est en vie et elle te cherche.

En entendant ce nom, le Diable disparut comme par enchantement sans se préoccuper le moins du monde du prince. Le pâtre se moqua de lui en son for intérieur, tant il était heureux d'avoir sauvé le prince avec ce stratagème. De ce jour, le prince l'aima comme son frère, et il le nomma Premier ministre, ce qu'il ne regretta jamais. Le pauvre pâtre fut en effet un conseiller fidèle et un administrateur sincère. Il ne garda d'ailleurs pas pour lui le moindre sou des sacs d'or qu'il distribua à ceux que les gouverneurs avait dépouillés.

Une princesse si maligne

d'après Božena Němcová

Deux compagnons qui voyageaient ensemble de par le vaste monde arrivèrent un jour à la grille d'un château. Dans le jardin du château se promenait en cet instant une très belle princesse.

– Bořek, dit Jiřík, un fort joli garçon, sais-tu ce que j'aimerais avoir par-dessus tout au monde ?

– Je parie que tu aimerais être le maître de ce château, répondit Bořek.

– Perdu ! C'est la princesse que j'aimerais avoir.

– Ne sois pas stupide, Jiřík !, s'exclama Bořek. Ne te mets pas de telles idées en tête, nous avons encore un bon bout de chemin devant nous.

– Bořek, je donnerais mon âme au diable pour avoir cette belle princesse.

– Ne dis pas une chose pareille, répondit le jeune homme en entraînant son compagnon.

Les deux amis reprirent leur route et arrivèrent bientôt dans une forêt très fraîche où ils s'étendirent pour reposer leurs jambes fatiguées par la marche. Bořek s'endormit aussitôt, mais Jiřík pensait trop à la belle princesse pour pouvoir fermer ne serait-ce qu'un œil. Un homme passa, entièrement vêtu de vert, et voyant que Jiřík était réveillé, il s'arrêta devant lui.

– Bonjour, jeune homme, où vous rendez-vous donc ainsi ?, lui demanda-t-il.

– Nous parcourons le vaste monde, mais je dois dire que j'en ai assez de voyager et de mener cette vie de chien.

– Je veux bien te croire, dit l'homme en vert. Mieux vaudrait être châtelain.

– Tout le monde ne peut pas devenir châtelain.

– Peut-être suffit-il de le vouloir, répondit l'homme.

– Pour vouloir, je suis toujours prêt à vouloir, mais jamais ce vœu ne s'est encore réalisé. Moi, par exemple, j'aimerais bien avoir la belle princesse du château à côté d'ici et j'ai même dit que j'étais prêt à donner mon âme au diable pour l'avoir.

– Parles-tu sérieusement ?

– Le plus sérieusement du monde.

– Ton vœu sera exaucé. Je suis le diable, et si tu signes un pacte avec moi, dans un quart d'heure tu seras un riche prince, tu pourras aller chez la princesse, la conquérir et l'épouser. Voici une feuille de papier et une plume, pique-toi le bout du doigt avec la plume et signe ton nom sur cette feuille avec ton sang.

Sans hésiter, Jiřík s'empara de la plume, se piqua le doigt et signa avec son sang.

– Tu es à moi, maintenant, dit le diable. Dans combien de temps dois-je venir te chercher ?

– Disons dans vingt ans. Si j'ai pu être aimé de la princesse et jouir des choses de la vie aussi longtemps, je te suivrai volontiers.

– Marché conclu, dit le diable. Voici une bourse pleine d'or. Tu prends autant de ducats que tu veux, elle restera toujours pleine. Dans ton balluchon, tu trouveras des habits princiers. Habille-toi et va derrière la forêt, un cheval sellé et quelques serviteurs t'y attendent. Monte sur le cheval et rends-toi au château où tu diras être un prince en voyage.

– Mais je ne sais pas parler comme un prince et on me démasquera dès les premiers mots.

– Ne t'inquiète pas, tu sauras faire tout ce que tu voudras, crois-moi. Allez, va avant que ton compagnon ne se réveille.

Le diable disparut comme il était apparu et Jiřík ouvrit son balluchon où il découvrit réellement des habits princiers. Il s'habilla et partit derrière la forêt où des serviteurs richement vêtus vinrent à sa rencontre à cheval. Jiřík monta sur le pur-sang comme s'il avait appris à monter avec le meilleur maître d'équitation du royaume et il partit sans plus attendre en direction du château. Quand Bořek se réveilla, il crut que son compagnon avait pris un peu d'avance et il reprit sa route. Mais laissons-le aller où il veut et retournons au château voir ce qui s'y passe.

La princesse se promenait encore dans les jardins quand Jiřík arriva à cheval. Il demanda audience au roi auquel il se présenta comme étant le prince Untel d'un pays quelconque et il lui demanda l'hospitalité pour la nuit.

Le roi reçut Jiřík avec faste, on prépara ses appartements et les serviteurs durent y porter les affaires que le diable avait cru bon lui fournir. On prépara un grand festin et Jiřík s'habilla de ses plus beaux vêtements relevés d'or pour s'attirer

les grâces de la princesse. Et de fait, dès le premier regard, la princesse n'eut plus qu'un seul vœu : que le beau prince restât pour toujours auprès d'elle. Il faut dire aussi que Jiřík se montra fort adroit dans son approche et sa conversation fascina la princesse. Le lendemain, il boucla ses bagages et fit mine de vouloir partir, mais il avait en fait grand peur qu'on le laissât réellement quitter le château.

La princesse alla voir son père pour lui confier ses sentiments et elle lui demanda de retenir le plus longtemps possible le beau prince. Le roi pria son hôte de rester et Jiřík s'exécuta volontiers. Le lendemain, Jiřík passa la plus grande partie de la journée avec la princesse et il lui avoua son amour. La princesse lui ayant affirmé qu'elle l'aimait en retour, Jiřík alla voir son père et lui demanda la main de sa fille. Il expliqua au roi qu'il n'avait lui-même pas de royaume parce qu'il était le plus jeune des fils d'une famille royale, mais, dit-il, il avait suffisamment d'argent pour s'acheter sur-le-champ n'importe quel royaume, aussi grand fût-il. Le roi bénit sans hésiter cette union et nomma derechef Jiřík régent du royaume. Le mariage fut bientôt célébré et il est peu dire que Jiřík fut de ce jour un homme comblé !

Le peuple se prit d'affection pour son régent, car il était équitable. Quelques années plus tard, quand le roi mourut, il devint à son tour roi et régna très heureux avec sa jolie femme qui lui fit deux fils et une fille. Il se rappelait certes souvent son pacte avec le diable, mais il se rassurait aussitôt en pensant que bien des choses pouvaient arriver d'ici-là.

Mais le temps passa très vite et il ne manqua bientôt qu'une année pour en compter vingt. Jiřík ne pensa dès lors plus qu'à sa mort prochaine et il en perdit jusqu'au sommeil. Blanc comme un linge, il déambulait sans fin dans son château, regardant avec douleur sa femme bien-aimée et ses chers enfants. Est-il une chose qu'une femme aimante pourrait ne pas remarquer chez son mari ? La reine ne cessa donc plus de demander à Jiřík ce qui le tracassait ainsi. Jiřík trouvait toujours quelque bonne excuse et il resta seul avec son terrible secret. Il en fut ainsi toute une année, jusqu'à ce qu'il ne manquât qu'un jour pour compléter les vingt années. Ce jour-là, le roi ne prit goût à rien, il demeura enfermé dans ses appartements pour ne pas voir sa femme pleurer et ne pas devoir répondre à ses questions pressantes. Le soir même, la porte s'ouvrit et le petit homme vêtu de vert entra.

– Alors Jiřík, dit-il au roi qui blêmit, sais-tu qu'aujourd'hui arrivent à leur terme les vingt années et que tu dois maintenant me suivre ?

– Comment pourrais-je seulement l'avoir oublié. Mais regarde, il me faut encore mettre mes affaires à jour et je n'ai pas fait mes adieux à ma femme. Accorde-moi encore trois jours.

– Je te les accorde volontiers et je te donne même davantage. Pendant ces trois jours, tu pourras exprimer trois vœux. Si je ne suis pas capable de tous les réaliser, je te rendrai ton papier signé et je ne pourrai plus rien exiger de toi.

Jiřík remercia le diable, persuadé qu'il saurait le tromper d'une manière ou d'une autre. Et c'est donc en souriant que le roi sortit de ses appartements. Sa femme fut très heureuse de le voir de si bonne humeur et le couple partit se promener dans les jardins du château.

– Dis-moi, ma chère, est-il une chose que tu souhaiterais encore avoir ?, demanda-t-il dans l'espoir que sa femme aurait une bonne idée, lui-même ne sachant nullement quelles tâches confier au diable.

– J'ai déjà tout ce que je désire, mon chéri, répondit la reine. Je souhaiterais seulement que tu sois plus serein.

– Je suis déjà plus serein, tu le vois. Mais il ne s'agit pas de cela. Ne souhaiterais-tu pas, par exemple, décorer le château autrement.

– La façade du château est magnifique, du moins celle de devant. Mais nous n'avons aucune vue vers l'arrière. Il faudrait pour cela enlever cette énorme falaise qui nous bouche la vue.

– Tu as raison, répondit Jiřík soulagé qui songea aussitôt à confier cette tâche impossible au diable.

Et c'est ainsi que le soir même, le diable apparut de nouveau et demanda à Jiřík ce qu'il attendait de lui.

– Je veux que d'ici demain matin tu aies fait disparaître la falaise derrière le château.

– Tes désirs sont mes ordres, répondit le diable.

Jiřík se mit au lit de fort bonne humeur, persuadé que le diable serait bien incapable d'accomplir cette tâche. Aussi quelle ne fut pas sa stupeur quand en regardant par la fenêtre le lendemain matin, il constata que la falaise avait disparu sans laisser la moindre trace.

– Mon Dieu !, s'exclama sa femme. Es-tu en relation avec le diable ou serais-tu toi-même magicien ?

– Je t'aurais volontiers fait moi-même ce plaisir depuis longtemps, mais je dois dire que j'ignore comment ce miracle a bien pu se réaliser. Peut-être un lutin a-t-il surpris notre conversation, hier soir dans le jardin. Exprime donc tout de suite un deuxième vœu et nous verrons bien s'il se réalise.

La reine était une personne sensée qui portait depuis toujours un bon jugement sur les évènements et elle fut aussitôt convaincue que son mari lui cachait quelque terrible secret. Pour ne rien en laisser paraître, elle demanda à ce que la plaine ainsi formée se transformât en un magnifique jardin dans lequel devraient se côtoyer les plus belles et les plus rares espèces d'arbres, de fleurs et d'herbes, tout cela devant bien sûr venir des quatre coins du monde et être en pleine floraison. En son for intérieur, la reine pensait toutefois : « Que ce vœu se réalise et je ne lâcherai plus mon Jiřík jusqu'à ce qu'il me confie son secret ».

Quand le diable se présenta à lui le soir même, Jiřík lui demanda donc de réaliser un magnifique jardin avec des plantes venues du monde entier comme le souhaitait sa femme. Le diable acquiesça et partit.

Le lendemain matin, le roi fut réveillé par le parfum capiteux de milliers de fleurs dans leurs pleine floraison. Là où s'élevait autrefois une austère falaise s'étalait maintenant un véritable paradis terrestre ! À ses côtés, la reine contemplait en partie avec frayeur, en partie avec ravissement, les magnifiques fleurs. Elle se tourna soudain vers son mari et lui dit :

– Et maintenant, mon bien-aimé, tu ne peux pas me cacher plus longtemps que tu as signé un pacte avec le diable.

Jiřík lui raconta alors sa terrible histoire, révélant ce qu'il avait été et comment il était devenu un prince. La reine lui pardonna de bon cœur, car elle l'aimait plus que tout au monde et parce qu'elle savait qu'il avait fait cela uniquement par amour pour elle.

– Ne sois pas triste et cesse de te tourmenter, lui répondit sa femme. Soyons de bonne humeur et quand le diable viendra ce soir, tu me l'enverras. D'ici-là j'aurais bien trouvé quelque tâche que le diable lui-même ne saurait accomplir.

Jiřík se sentit renaître et toute la journée, conformément au vœu de sa femme, il se montra enjoué avec les enfants comme si rien ne s'était passé. Le soir même, le diable se présenta à lui et lui demanda :

– Que souhaiterais-tu que je fasse aujourd'hui ?

– Je n'ai plus aucune idée. Va voir ma femme, elle te dira ce qu'elle veut.

Le diable alla voir la reine qui l'attendait déjà.

– Es-tu le diable qui doit emporter mon mari ?, lui demanda-t-elle.

– Je le suis.

– Je peux donc souhaiter quelque chose à la place de mon mari et tu me le donneras, quel que soit ce vœu ?

– Oui.

– Et si tu ne peux pas le réaliser, tu ne pourras plus demander à mon mari de te suivre ?

– Oui.

– Très bien, dit la reine satisfaite. Alors tu dois m'arracher trois cheveux, pas un de plus, pas un de moins, et je ne veux ressentir aucune douleur.

Le diable fit la grimace en s'approchant de la femme. Il saisit prestement trois cheveux et les arracha. La reine poussa un cri de douleur.

– J'avais dit que je ne voulais pas ressentir la moindre douleur et tu m'as fait mal !, s'exclama-t-elle. Qu'importe, prends ces trois cheveux et mesure-les.

Le diable prit les cheveux et les mesura.

– Maintenant, je voudrais que tu allonges ces trois cheveux de deux aunes chacun. Et ne crois pas que tu t'en tireras à bon compte en les remplaçant par trois autres cheveux. Ces cheveux-ci, et aucun autre, doivent s'allonger de deux aunes.

Le diable regarda les cheveux un long moment, puis, ne sachant que faire, il demanda à la reine l'autorisation de les emporter afin qu'il puisse demander conseil à ses collègues de l'enfer. La reine l'y autorisa et le diable disparut en emportant les trois cheveux.

Quand il arriva en enfer, le diable convoqua tous ses compagnons et étala les cheveux sur une table devant Lucifer auquel il expliqua ce qu'il devait faire.

– Cette fois, tu t'es fait avoir, imbécile, dit le maître de l'enfer. Tu étires les cheveux et ils cassent, tu les allonges en les aplatissant à coups de marteau et il se fendent, tu les exposes à la chaleur et ils brûlent. Tu es tombé sur un esprit plus malin que le Malin lui-même et il ne te reste plus qu'à retourner sur terre et rendre au roi son pacte signé.

– Je prendrai garde de ne pas rencontrer la reine. Il pourrait m'en cuire si je tombais entre ses mains.

Le diable prit donc le pacte et alla le rendre à son propriétaire. Il vola jusqu'au château, mais, redoutant de rencontrer la reine, il fit le guet à une fenêtre jusqu'à ce que le roi lui-même ouvre. Il jeta alors le pacte à l'intérieur de la pièce et partit sans plus attendre. Le roi ramassa le papier et, ivre de joie, il se rendit auprès de sa femme qui connaissait déjà l'issue de cette histoire. Ils remercièrent Dieu de leur avoir épargné cette épreuve et, de ce jour, vécurent heureux jusqu'à ce que la mort les sépare.

L'Oiseau de Feu et le Renard de Feu

d'après Karel Jaromír Erben

Il était une fois un roi qui possédait un vaste et magnifique jardin. La perle de ce jardin dans lequel poussaient les essences les plus rares était un pommier qui chaque matin donnait une pomme d'or. Le bourgeon s'ouvrait avec les premiers rayons du soleil, la pomme grossissait pendant la journée et mûrissait jusqu'à la tombée de la nuit. Il en était ainsi chaque jour, mais, au petit matin, ni vu ni connu, la pomme avait toujours disparu ! Le roi fort contrarié manda un jour son fils aîné et lui dit :

– Cette nuit, mon fils, tu monteras la garde près du pommier. Je veux que tu me dises qui me vole ainsi toutes mes pommes. Je saurai me montrer reconnaissant envers toi : si tu arrêtes le voleur, je te donnerai la moitié de mon royaume.

Le prince s'arma de sa plus belle épée, prit sur son épaule une arbalète, passa dans sa ceinture quelques flèches bien aiguisées et partit dans le jardin dès la tombée de la nuit. Il s'assit sous le pommier et attendit. Peu de temps après toutefois, il fut terrassé par une irrésistible envie de dormir. Ses paupières se fermèrent et ses bras tombèrent de chaque côté de son corps. Le prince dormit ainsi jusqu'aux premières lueurs de l'aube, et, quand il se réveilla, la pomme avait disparu.

– Alors, mon fils, lui demanda le roi, as-tu vu le voleur ?

– Personne n'est venu de toute la nuit, répondit le fils. La pomme a disparu comme par enchantement.

Le roi secoua la tête d'un air incrédule et appela son deuxième fils.

– Tu monteras la garde cette nuit, mon fils, lui dit-il. Si tu attrapes le voleur, je me montrerai généreux envers toi.

Comme son frère la nuit précédente, le deuxième fils s'arma d'une épée et d'une arbalète et il partit dès le coucher du soleil monter la garde dans le jardin. Il s'endormit toutefois peu de temps après, et, comme son frère aîné la veille, quand il se réveilla au petit matin, la pomme avait disparu. Son père lui demanda qui avait volé la pomme.

– Personne, répondit-il. Elle a disparu comme par enchantement.

Le plus jeune des fils du roi s'exclama alors :

– Père, aujourd'hui, c'est moi qui monterai la garde et nous verrons bien si la pomme d'or aura disparu au petit matin.

– Mon cher enfant, répondit le roi, tu es jeune et de peu d'expérience. Je ne crois pas que tu puisses réussir là où tes frères aînés ont échoué. Monte toutefois la garde cette nuit si tel est ton désir.

Le soir même, à la tombée de la nuit, le plus jeune prince s'arma certes de sa plus belle épée, d'une puissante arbalète et de flèches bien aiguisées, mais il prit

en plus une peau de hérisson puis il partit monter la garde dans le jardin. Il s'assit dans l'herbe au-dessous de l'arbre et étala la peau de hérisson sur ses genoux. Le jeune prince était ainsi sûr de se réveiller au cas où le sommeil parviendrait à faire tomber sa tête sur ses genoux. C'est ainsi que le jeune garçon était pleinement réveillé quand, vers minuit, l'Oiseau doré se posa sur la branche pour picoter la pomme d'or. Le jeune prince tira une flèche avec son arbalète, la flèche pointue toucha l'aile de l'oiseau et il s'en détacha une plume en or qui tomba en virevoltant sur le sol. L'oiseau s'était enfui, mais la pomme était encore sur l'arbre.

– As-tu attrapé le voleur, mon fils ?, lui demanda le roi le lendemain matin.

– Je ne l'ai pas attrapé, mais ça ne saurait tarder, répondit le prince. Je possède déjà une partie de son habit.

Le jeune garçon sortit la plume de sa poche et raconta son aventure de la nuit. Le roi se réjouit d'avoir cette plume qui était si brillante qu'elle éclairait à elle seule les appartements royaux pendant la nuit. Les valets, pourtant habitués à de tels prodiges, affirmèrent que cette plume ne pouvait appartenir qu'à l'Oiseau de Feu et qu'elle avait à elle seule plus de valeur que tous les trésors du royaume réunis.

De ce jour, on ne revit jamais l'Oiseau de Feu et les pommes ne disparurent plus pendant la nuit. Le roi n'éprouvait malgré tout aucune joie à la vue de ces belles pommes d'or. Du matin au soir et du soir au matin, il ne pensait qu'à l'Oiseau de Feu et son cœur se mit lentement à flétrir dans sa poitrine à la seule pensée qu'il ne possédait pas ce bel oiseau. Un jour, le roi appela ses trois fils et leur dit :

– Mes chers enfants ! Vous le voyez, je dépéris de jour en jour et mon cœur ne retrouvera toute sa jeunesse que le jour où j'entendrai chanter l'Oiseau de Feu. Que celui d'entre vous qui me le rapporte et réussisse à le faire chanter reçoive en récompense la moitié du royaume de mon vivant et, à ma mort, devienne mon successeur.

Les trois princes préparèrent aussitôt leurs affaires, firent leurs adieux au roi et partirent sans détours à la recherche de l'Oiseau de Feu. Peu de temps après, ils arrivèrent dans une forêt, et, dans cette forêt, ils s'arrêtèrent bientôt à une croisée de chemins.

– Quel chemin allons-nous prendre ?, demanda le plus jeune des frères.

– Nous sommes trois et je vois là trois chemins, répondit son aîné. Chacun de nous va prendre un chemin, nous aurons ainsi plus de chance de retrouver l'Oiseau de Feu si nous le recherchons dans les trois directions.

– Et quel chemin prendra chacun d'entre nous ?, demanda le plus âgé.

– Que chacun de vous prenne le chemin qui lui siéra, répondit le plus jeune. Je prendrai celui qui restera.

Satisfaits, les deux aînés choisirent chacun un chemin, puis l'un d'eux dit :

– Nous devrions laisser ici un signe qui permettra à celui qui retourne en premier au château de savoir ce qu'il en est de ses frères. Que chacun de nous plante une branche dans le sol : celui dont la branche se couvrira de feuillage aura trouvé l'Oiseau de Feu.

Les deux autres frères approuvèrent et ils plantèrent donc chacun une branche dans le sol au départ de leur route. L'aîné des trois princes lança son cheval au galop, galopa droit devant lui un long moment et arriva bientôt au sommet d'une montagne. Il mit pied à terre, sortit son repas de sa besace et s'assit dans l'herbe pour manger. C'est alors que le Renard de Feu s'approcha de lui doucement en louvoyant entre les buissons :

– S'il te plaît, s'il te plaît, cher prince ! J'ai très faim, donne-moi aussi quelque chose à manger, le supplia le renard.

Mais à peine le prince l'eut-il aperçu qu'il tira sur le renard une flèche très pointue avec son arbalète. Le toucha-t-il ou ne le toucha-t-il pas ? Là n'est pas la question, toujours est-il que le renard disparut comme il était venu.

Le deuxième frère vécut la même aventure. Il galopa un long moment puis s'étendit sur l'herbe verte d'un pré pour manger. Le Renard de Feu s'approcha également de lui pour demander à manger, mais, ayant comme avec le premier frère reçu une flèche pour toute nourriture, il disparut.

Le plus jeune des frères n'arrêta son cheval que quand il eut atteint la berge d'un ruisseau. Il avait faim et était fatigué, aussi mit-il pied à terre pour se désaltérer et se restaurer dans l'herbe profonde. Il sortit ses provisions et commença à manger. Le Renard de Feu s'approcha alors de lui tout doucement mais resta à bonne distance du cavalier.

– S'il te plaît, s'il te plaît, cher prince ! J'ai très faim, donne-moi aussi quelque chose à manger, le supplia le Renard de Feu.

Le renard paraissait affamé et le prince lui jeta un petit morceau de lard fumé.

– Approche, Renard de Feu, dit-il. Tu n'as rien à craindre de moi. À ce que je vois, tu as encore plus faim que moi et j'aurai bien assez de provisions pour nous nourrir tous les deux aujourd'hui.

Le prince partagea son repas en deux portions, l'une pour le Renard de Feu, l'autre pour lui. Le renard mangea à sa faim et lui dit :

– Tu as apaisé ma faim et je saurai t'en être reconnaissant. Monte sur ton cheval et suis-moi. Si tu fais exactement ce que je te dis, l'Oiseau de Feu sera tien avant que ne tombe la nuit. Sur ces paroles, le renard partit devant en aplanissant le chemin de sa longue queue bouffante, arasant les montagnes, comblant les vallées et construisant des ponts sur les

71

cours d'eau. Le prince le suivait au trot et ils arrivèrent bientôt devant le Château de Cuivre.

L'Oiseau de Feu se trouve dans ce château, dit le Renard de Feu. Pénètre dans le château vers midi, tous les gardes dormiront, mais ne traîne pas en chemin. Dans une première salle, tu verras douze oiseaux noirs dans des cages en or, dans une deuxième salle, tu verras douze oiseaux en or dans des cages de bois, dans une troisième salle, tu trouveras l'Oiseau de Feu sur son perchoir. À côté de lui se trouveront deux cages : ne le mets pas dans la cage d'or, mais dans la cage en bois, sinon un malheur t'arrivera ! Le prince se rendit donc dans le château vers midi et tout y était exactement comme le Renard de Feu l'avait décrit. Dans la troisième salle, il trouva l'Oiseau de Feu qui semblait dormir sur son perchoir. Le prince fut si ébloui par sa beauté que son cœur se mit à battre plus vite de ravissement. Il le prit et l'enferma dans la cage de bois, mais, à peine eut-il refermé cette dernière qu'il changea d'avis.

— Comment peut-on seulement mettre un oiseau d'une telle beauté dans une cage aussi misérable ?, se dit-il. Seule une cage d'or est digne d'abriter l'Oiseau de Feu.

Il prit la cage d'or, l'ouvrit et y enferma l'Oiseau de Feu, mais à peine eut-il refermé la cage que l'oiseau poussa un cri strident. Les oiseaux se réveillèrent aussitôt dans les deux autres salles et poussèrent à leur tour de tels cris et piaillements qu'ils réveillèrent les gardes. Ces derniers se précipitèrent dans la salle de l'Oiseau de Feu, se saisirent du prince et le menèrent devant leur roi.

— Qui es-tu, voleur, pour oser ainsi franchir mes postes de garde et me voler l'Oiseau de Feu ?, demanda le roi en colère.

— Je ne suis pas un voleur ! répondit le prince. Mais je suis venu chercher le voleur que tu héberges en ces murs. Au milieu de notre jardin royal pousse un pommier dont les fruits sont en or. Tous les jours pousse sur cet arbre une nouvelle pomme et toutes les nuits ton Oiseau de Feu vient nous la grappiller. Mon père, le roi, est souffrant, son cœur dépérit et il ne guérira pas tant qu'il n'aura pas entendu chanter ton Oiseau de Feu. C'est pourquoi je te prie de bien vouloir me l'offrir.

— Je te le donne volontiers, répondit le roi. Mais à la condition que tu me ramènes à la place le Cheval à la Crinière d'Or.

Le prince ressortit donc du château sans l'Oiseau de Feu tant convoité.

— Pourquoi ne m'as-tu pas écouté ?, gronda le Renard de Feu.

— J'avoue avoir failli à la tentation, répondit le prince. Rien ne sert de me sermonner et dis-moi plutôt si tu sais où se trouve le Cheval à la Crinière d'Or.

— Je sais où il se trouve, dit le Renard de Feu, et je vais t'aider une nouvelle fois. Monte sur ton cheval et suis-moi.

Il partit de nouveau devant le cavalier, aplanissant le chemin de sa longue queue bouffante. Le prince le suivit au trot et ils arrivèrent bientôt devant le Château d'Argent.

— Le Cheval à la Crinière d'Or se trouve dans ce château, dit le Renard de Feu. Pénètre dans le château vers midi, tous les gardes dormiront, mais ne traîne pas en chemin. Dans la première écurie du prince, tu verras douze chevaux noirs avec des licols d'or, dans une deuxième écurie, tu verras douze chevaux blancs avec des licols noirs, dans une troisième écurie, tu trouveras le Cheval à la Crinière d'Or près de sa mangeoire. Au mur, tu verras deux licols : un en or et un en cuir. Mais cette fois, retiens bien ce que je vais te dire : ne lui mets pas le licol d'or, mais celui en cuir, sinon un malheur t'arrivera !

Le prince se rendit au château vers midi et les choses y étaient cette fois encore telles que le Renard de Feu les avait décrites. Dans la troisième écurie du prince, le Cheval à la Crinière d'Or mangeait de l'avoine fraîche dans sa mangeoire en argent. Emerveillé, le prince ne pouvait plus détacher son regard du bel animal à la Crinière d'Or. Il se saisit enfin du licol en cuir noir qui pendait au mur et le passa au cou du cheval qui se laissa faire docilement. Le prince regarda toutefois le licol d'or richement décoré de pierres précieuses et il ne put résister à l'envie de le prendre :

– Comment peut-on seulement harnacher un cheval aussi joli avec un licol aussi misérable, se dit-il. Seul un licol d'or est digne du Cheval à la Crinière d'Or !

Il enleva le licol en cuir et passa celui en or au cou du cheval. Mais à peine le cheval sentit-il le licol d'or sur son cou qu'il se mit à ruer et à hennir comme un fou. Les chevaux des deux autres écuries se mirent également à hennir et à ruer, réveillant les gardes qui se saisirent du prince et le menèrent devant leur roi.

– Qui es-tu, voleur, pour oser ainsi franchir mes postes de garde et me voler le Cheval à la Crinière d'Or ?, demanda le roi en colère.

– Je ne suis pas un voleur, répondit le prince. Ce n'est pas de gaieté de cœur que je voulais voler ton cheval, mais je le devais.

Le malheureux prince raconta au roi son aventure et lui expliqua que le roi du Château de Cuivre ne consentirait à lui donner l'Oiseau de Feu que s'il lui apportait en échange le Cheval à la Crinière d'Or.

– Je te le donne volontiers, répondit le roi, mais à la condition que tu me ramènes la princesse Boucles d'Or qui vit dans le Château en Or dans la mer Noire.

Le Renard de Feu qui attendait le prince dehors fut très en colère quand il vit ce dernier sortir sans le cheval.

– Ne t'avais-je pas dit de ne pas prendre le licol d'or mais celui en cuir ? Est-il donc si vain de se donner de la peine pour toi ? Qui n'accepte pas les conseils ne mérite pas qu'on l'aide.

– Ne te mets pas en colère, Renard de Feu, supplia le prince. Je n'ai pas su résister à la tentation, mais aide-moi encore cette fois.

– Je veux bien t'aider, mais ce sera la dernière fois, répondit le Renard de Feu. Et si tu m'écoutes cette fois, tu pourras rattraper tes erreurs passées. Monte sur ton cheval et suis-moi.

Sur ces mots, le Renard de Feu partit devant en aplanissant le chemin de sa longue queue bouffante jusqu'à ce qu'ils arrivent en vue du Château en Or dans la mer Noire.

– Dans ce château, dit le Renard de Feu, habite la reine des mers avec ses trois filles. La plus jeune est la princesse Boucles d'Or. Va dans le château et demande à la reine des mers qu'elle t'accorde l'une de ses filles, et si elle te dit d'en choisir une, prends celle avec les plus humbles vêtements.

La reine des mers reçut le prince avec la plus grande amabilité, et, celui-ci lui ayant exposé la raison de sa venue, la reine le mena dans ses appartements où ses filles filaient la soie. Les trois filles étaient si semblables qu'aucun être au monde n'eût été capable de les distinguer les unes des

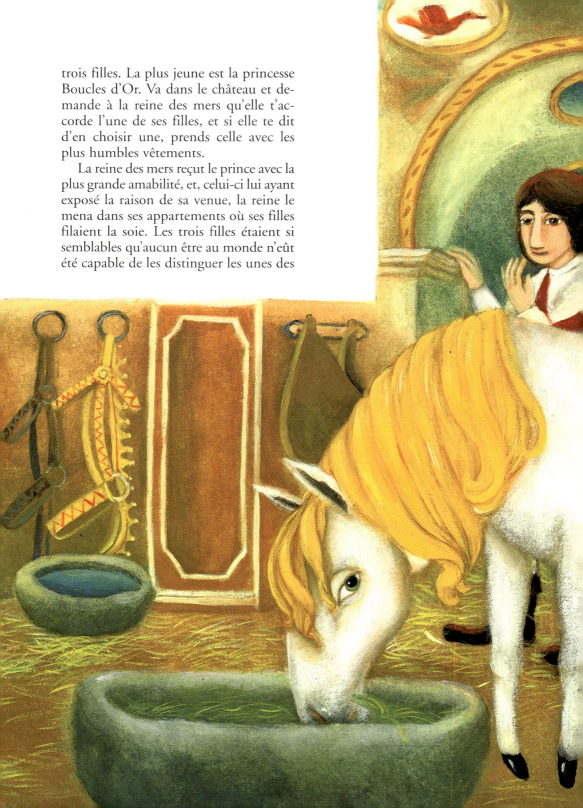

autres, et toutes étaient si belles que le prince sentit son cœur battre plus vite dans sa poitrine. Chacune d'entre elles avait un voile sur la tête, et il était donc impossible de dire laquelle avait des boucles dorées, mais elles étaient toutes habillées différemment. L'une portait une robe et un voile relevés d'or et elle filait avec un fuseau en or, la deuxième portait une robe et un voile relevés d'argent et filait avec un fuseau en argent, la troisième portait une robe et un voile très simples, en tissu blanc, et filait avec un fuseau ordinaire.

– Choisis celle que tu veux, dit la reine des mers.

– C'est elle que je veux !, s'exclama le prince en montrant la princesse la plus humblement vêtue.

– Ho ho !, s'étonna la reine des mers. Je serais bien étonnée que tu aies eu seul cette idée. Tu devras de toutes façons patienter jusqu'au matin.

Le prince ne parvint pas à dormir de la nuit, tant le tourmentait l'idée du lendemain. Quand les premières lueurs de l'aube éclairèrent l'horizon au-dessus de l'orient, il descendit dans le jardin du château. À peine eut-il fait quelques pas dans les allées que la jeune fille en blanc apparut devant lui.

– Si tu veux me reconnaître parmi mes sœurs cet après-midi, sache qu'une mouche dorée volera au-dessus de ma tête.

Sur ces mots, la princesse disparut aussi vite qu'elle était apparue. L'après-midi même, la reine des mers conduisit le prince dans les appartements où se trouvaient ses trois filles.

– Si tu reconnais la jeune fille que tu as choisie hier, elle t'appartiendra. Si te trompes dans ton choix, il t'en coûtera la tête.

Les trois sœurs se tenaient côte à côte, toutes trois magnifiquement habillées et toutes trois possédaient de beaux cheveux dorés qui brillaient tellement que le prince faillit en perdre la vue. Quand ses yeux se furent accoutumés à l'éclat de leurs cheveux, le prince discerna une petite mouche dorée qui voletait au-dessus de la tête de l'une des princesses.

– Cette jeune fille est la mienne, dit-il alors. C'est elle que j'ai choisie hier.

La reine fut très surprise que le jeune prince reconnaisse aussi facilement sa promise et elle s'exclama :

– Tu ne l'auras toutefois pas aussi facilement que cela, jeune homme. Pour cela, il te faudra encore accomplir la tâche que je vais te confier demain.

Le lendemain matin, la reine des mers lui montra par la fenêtre un grand étang à la lisière de la forêt et elle lui donna une passoire en or.

– Je veux qu'avant la tombée de la nuit tu aies vidé cet étang avec cette passoire. Si tu y parviens, Boucles d'Or sera à toi. Si tu échoues, il t'en coûtera la tête.

Le prince se rendit au bord de l'étang en soupirant de tristesse. Il plongea la passoire dans l'étang, mais quand il la ressortit toute l'eau qu'elle contenait s'écoula de nouveau jusqu'à la dernière goutte dans l'étang. Voyant qu'il n'y parviendrait pas, le prince posa la passoire sur le sol et s'étendit dans l'herbe en espérant une aide providentielle. Tout à coup, la jeune fille en blanc apparut à ses côtés.

– Pourquoi es-tu si triste ?, lui demanda-t-elle.

– Comment pourrais-je ne pas l'être alors que jamais je ne pourrai t'avoir. Ta mère m'a imposé une tâche impossible à accomplir.

– Qu'à cela ne tienne, répondit la jeune fille.

La princesse jeta la passoire dans l'étang et l'eau disparut comme par enchantement. Un épais brouillard s'éleva alors de l'étang et enveloppa les berges où l'on ne vit bientôt plus à trois pas. Au même instant, le prince entendit un galop et il vit apparaître derrière lui son cheval et le Renard de Feu.

– Ne perds pas davantage de temps, lui dit le Renard de Feu. Monte sur ton cheval avec la jeune fille et file au galop.

Rapide comme le vent, le cheval partit au galop sur un chemin que le Renard de Feu aplanissait devant lui pour mieux le détruire après son passage. De sa longue queue bouffante, le renard construisait et détruisait tour à tour des ponts sur les cours d'eau, comblait puis creusait de profondes vallées, arasait des montagnes pour les refaire ensuite exactement comme elles étaient auparavant. Le prince était certes très heureux d'avoir acquis Boucles d'Or, mais il sentait monter en lui une grande tristesse au fur et à mesure qu'ils approchaient du Château d'Argent. Le prince ralentit alors son cheval pour retarder le moment où il devrait donner la belle princesse en échange du Cheval à la Crinière d'Or.

– Tu es triste à l'idée de perdre ta princesse si chèrement acquise, dit alors le renard. Ne sois pas triste, je t'ai déjà souvent aidé et je t'aiderai cette fois encore.

Le renard de Feu sauta dans la forêt, disparut derrière un tronc, fit une galipette et se transforma aussitôt en une magnifique princesse exactement identique à Boucles d'Or.

– Que la jeune princesse t'attende dans la forêt, dit-il alors. Tu va me mener au roi

du Château d'Argent et tu m'échangeras contre le Cheval à la Crinière d'Or. Tu viendras ensuite chercher ta princesse et t'enfuiras avec elle sans perdre un instant.

Le roi se réjouit on ne peut plus quand il vit la princesse Boucles d'Or et il donna sans hésiter au jeune prince le Cheval à la Crinière d'Or, avec en sus le licol d'or pour le récompenser. Il organisa aussitôt une grande fête en l'honneur de la belle princesse, fête à laquelle ne devait manquer aucun notable du pays. On but beaucoup au cours de ce festin et, ses invités étant d'excellente humeur, le roi leur demanda comment ils trouvaient Boucles d'Or.

– Magnifique, répondirent les invités unanimes.

– Jamais encore je n'avais vu une telle beauté, mais il me semble que ses yeux pourraient être ceux d'un renard, ajouta un chevalier.

À peine le chevalier eut-il prononcé ces mots que la magnifique princesse se transforma en un Renard de Feu qui s'enfuit par la porte et disparut sans laisser de traces. Le renard partit sans attendre à la poursuite du prince et de Boucles d'Or, détruisant derrière lui le chemin de sa longue queue bouffante, balayant les ponts, creusant les vallées et érigeant les montagnes comme elles étaient auparavant. Quand il les rejoignit, les jeunes gens arrivaient en vue du Château de Cuivre où se trouvait l'Oiseau de Feu.

– Quelle belle image que cette princesse aux cheveux d'or sur ce Cheval à la Crinière d'Or !, dit le renard au prince. Cela ne te fait-il pas de la peine de devoir échanger ce magnifique cheval contre l'Oiseau de Feu ?

– Ce qui me fait surtout de la peine, c'est de devoir en priver la princesse Boucles d'Or, répondit le jeune prince. Mais mon cœur est tout autant peiné à l'idée de mon père souffrant que seul l'Oiseau de Feu peut guérir.

– Là où se trouvent la princesse Boucles d'Or et le Cheval à la Crinière d'Or doit également être l'Oiseau de Feu. Je t'ai déjà souvent aidé, et, une fois de plus, je ne vais pas te laisser dans l'embarras.

Sur ces paroles, le Renard de Feu disparut dans la forêt, fit une galipette derrière un arbre tombé à terre et se transforma aussitôt en un magnifique cheval à la crinière d'or en tous points semblable à celui sur lequel se trouvait Boucles d'Or.

– Tu va me mener au roi du Château d'Or et tu m'échangeras contre l'Oiseau de Feu, puis tu t'enfuiras avec la princesse sans perdre un instant.

Le roi se réjouit on ne peut plus quand il vit le Cheval à la Crinière d'Or, et il donna sans hésiter au jeune prince l'Oiseau de Feu, avec en sus la cage en or pour le récompenser. Il invita aussitôt les seigneurs de son royaume à venir contempler le bel animal et il leur demanda comment ils le trouvaient.

– Magnifique, répondirent les invités unanimes.

– Jamais je n'ai vu un plus bel animal, mais il me semble que sa queue pourrait être celle d'un renard, ajouta un seigneur.

À peine le seigneur eut-il prononcé ces mots que le magnifique Cheval se transforma en un Renard de Feu qui s'enfuit par la porte et disparut sans laisser de traces. Le renard partit sans attendre à la poursuite du prince et de Boucles d'Or, détruisant derrière lui le chemin de sa longue queue bouffante. Quand il les rejoignit, les jeunes gens arrivaient sur la berge du ruisseau où le Renard de Feu avait rencontré le prince.

– Tu possèdes maintenant ton Oiseau de Feu, dit-il au prince, et même bien davantage. Tu n'as donc plus besoin de moi maintenant. Retourne tranquillement au château de ton père, mais surtout, ne t'arrête pas en chemin, sinon il pourrait t'arriver malheur.

Sur ces mots, le Renard de Feu disparut comme il était apparu.

Le prince reprit sans attendre son voyage, la cage en or avec l'Oiseau de Feu dans une main et, trottant à ses côtés, le Cheval à la Crinière d'Or sur lequel était assise la belle princesse Boucles d'Or. Ce n'est que quand il arriva au croisement où il s'était séparé de ses frères que le prince se rappela que chacun d'eux avait planté une branche au départ de sa route. Les branches plantées par ses frères avaient séché sur place alors que la sienne était devenue un arbre magnifique à la couronne feuillue. Le prince s'en réjouit énormément, et, la princesse et lui-même étant fatigués du long voyage, il décida de faire une pause à l'ombre de son arbre. Il sauta de cheval, aida la belle princesse à descendre du Cheval à la Crinière d'Or, suspendit la cage de l'Oiseau de Feu à une branche et les deux jeunes gens s'endormirent rapidement d'un sommeil profond.

Quelques temps plus tard apparurent les deux frères aînés, chacun d'eux revenant les mains vides de son voyage. Ils constatèrent que leurs branches s'étaient desséchées alors que là où leur frère avait planté la sienne, s'élevait maintenant un arbre magnifique à la couronne feuillue. Ils virent également leur jeune frère qui dormait sous cet arbre, la belle princesse Boucles d'Or à ses côtés, mais aussi le Cheval à la Crinière d'Or et, suspendue au-dessus de leurs têtes, une cage en or dans laquelle se trouvait l'Oiseau de Feu. Leur rancœur leur inspira des intentions malveillantes.

– Notre jeune frère va donc en récompense recevoir la moitié du royaume de notre père et il montera sur le trône à sa mort. Le mieux serait encore de le tuer maintenant : tu prends la princesse aux cheveux d'or et moi le Cheval à la Crinière d'Or. Nous donnerons à notre père l'Oiseau de Feu puisque son chant semble tant lui plaire. À sa mort, nous nous partagerons le royaume.

Aussitôt dit, aussitôt fait. Les meurtriers découpèrent ensuite le corps de leur frère en de nombreux morceaux qu'ils enterrèrent profondément et ils menacèrent la princesse de la tuer si elle révélait la vérité. De retour au château, ils mirent le Cheval à la Crinière d'Or dans une écurie princière en marbre, suspendirent la cage en or de l'Oiseau de Feu dans la chambre du roi et logèrent la belle jeune fille dans une chambre d'apparat avec moult servantes pour s'occuper d'elle. Le vieux roi malade demanda à ses deux fils aînés s'ils avaient des nouvelles de leur jeune frère.

– Nous n'avons absolument aucune nouvelle de lui, répondirent-ils, il se languit vraisemblablement en quelque lieu.

Quoi qu'il en soit, la santé du roi ne s'améliora pas car l'Oiseau de Feu ne chantait pas. Le Cheval à la Crinière d'Or laissait tristement pendre sa magnifique

crinière et la jeune princesse aux Boucles d'Or ne disait pas un mot, négligeait sa belle chevelure blonde et ne cessait de pleurer.

Pendant ce temps, dans la forêt, le Renard de Feu déterrait le corps mutilé du jeune prince et en assemblait soigneusement les morceaux. Il aurait volontiers redonné

vie au prince, mais cela était au-dessus de ses pouvoirs. C'est alors qu'il vit une corneille et ses deux petits tournoyer en criant au-dessus du cadavre. Le Renard de Feu se cacha dans un buisson à proximité du corps et attendit. Peu de temps après, une jeune corneille se posa sur le corps avec l'évidente intention de s'en rassasier. Le Renard de Feu sauta de derrière son buisson, se saisit du jeune oiseau par une aile et fit mine de la lui arracher. La vieille corneille affolée se posa non loin de lui et lui dit :

– Croaaa, croaaa ! Aie pitié de mon petit, il ne t'a rien fait. Je saurai t'en être reconnaissante le jour où tu auras besoin de mon aide.

– J'en ai justement besoin, répondit le Renard de Feu, et je ne relâcherai ton petit que si tu me ramènes de l'eau morte et de l'eau vivante de la mer Noire.

La corneille le lui promit et s'envola sans perdre de temps.

Trois longs jours et trois longues nuits passèrent avant que la corneille ne revînt avec deux vessies de poisson remplies, l'une d'eau morte, l'autre d'eau vivante. Le Renard de Feu prit les deux vessies de poisson et, d'un coup de patte, déchira le jeune oiseau en deux. Il assembla ensuite les deux parties soigneusement et les arrosa avec quelques gouttes d'eau morte : les deux parties se réunirent aussitôt. Il arrosa ensuite le corps sans vie de l'oiseau avec quelques gouttes d'eau vivante et l'oiseau s'ébroua et reprit son vol. Le Renard de Feu aspergea alors le corps démantelé du prince avec de l'eau morte et toutes les parties s'assemblèrent sans qu'on pût voir la plus petite cicatrice. Le renard l'aspergea ensuite avec de l'eau vivante et le prince se réveilla comme s'il sortait d'un rêve :

– J'ai dormi profondément, dit-il en baillant.

– Tu as vraiment dormi profondément sous la terre, répondit le Renard de Feu, et, sans mon aide, tu ne te serais jamais réveillé ! Ne t'avais-je pas recommandé de rentrer tout droit au château de ton père sans t'arrêter en chemin ?

Le renard raconta alors au prince ce qui s'était passé et il le raccompagna à proximité du château de son père. Le Renard de Feu procura ensuite au prince d'humbles vêtements dont le jeune homme aurait bien besoin pour ce qu'il projetait de faire, puis il disparut.

Personne ne reconnut le prince dans ses pauvres habits et celui-ci se fit engager comme palefrenier. Dans les écuries, il entendit deux valets d'armée qui se lamentaient sur la santé du Cheval à la Crinière d'Or.

– Quelle dommage pour ce cheval à la belle crinière dorée ! Il va mourir s'il continue ainsi à laisser pendre la tête et refuser de manger.

– Donnez-moi quelques cosses de pois, dit le prince. Je suis prêt à parier avec vous qu'il va aussitôt se mettre à manger.

– Ha ha ha !, se gaussèrent les servants d'armée. Pas même nos chevaux de labour ne mangeraient une telle nourriture.

Le prince prit malgré tout quelques cosses de pois, les déposa dans la mangeoire et caressa doucement la tête du cheval.

– Pourquoi es-tu si triste, mon bon Cheval à la Crinière d'Or ?

Le cheval reconnut la voix de son maître, fit une cabriole, inspira une

83

grande goulée d'air frais et mangea avec appétit les cosses de pois.

La nouvelle de la guérison du Cheval à la Crinière d'Or se propagea dans tout le palais et parvint jusqu'aux oreilles du roi. Le roi manda à lui ce palefrenier qui avait accompli un tel miracle et lui dit :

– J'ai entendu dire que tu avais guéri le Cheval à la Crinière d'Or. Pourrais-tu également faire chanter l'Oiseau de Feu ? Il laisse pendre tristement ses ailes et refuse toute nourriture. Qu'il meure et je mourrai également.

– Sois sans crainte, illustre monarque, répondit le prince. Demande à ce que l'on m'apporte une poignée de son. Je suis certain que l'Oiseau de Feu le mangera, qu'il retrouvera goût à la vie et chantera aussitôt !

Les serviteurs ne manquèrent pas de rire, mais le roi leur ordonna d'aller sans attendre chercher du son.

– Même nos oies n'en voudraient pas !, s'exclamèrent les serviteurs. Et ce prétentieux prétend en donner à l'Oiseau de Feu.

Ils apportèrent toutefois le son demandé et le prince le répandit dans la cage. Il caressa ensuite doucement la tête de l'oiseau et lui dit :

– Pourquoi es-tu si triste, mon bel Oiseau de Feu ?

L'oiseau reconnut la voix de son maître, sauta sur ses pattes, lissa ses magnifiques plumes en or, sautilla de joie et mangea le son. Il chanta ensuite si magnifiquement que le cœur du vieux roi en fut sur-le-champ guéri. L'Oiseau de Feu chanta encore une deuxième puis une troisième fois et le roi était alors si ragaillardi qu'il se leva de son lit et serra avec joie ce serviteur inconnu dans ses bras.

– Pourrais-tu également guérir la belle princesse aux Boucles d'Or que mes fils ont ramenée avec eux. Elle ne dit pas un mot, ne peigne pas ses magnifiques boucles dorées et ne cesse de pleurer.

– Permettras-tu, illustre monarque, que j'aille m'entretenir un instant avec elle. Je pense qu'elle ira mieux ensuite.

Le roi le conduisit auprès de la jeune fille, le prince prit sa main blanche et lui dit :

– Pourquoi es-tu si triste, ma bien-aimée ?

La jeune fille le reconnut, poussa un cri de joie et se jeta dans ses bras. Le roi s'étonna beaucoup que le serviteur ait appelé ma bien-aimée la belle jeune fille aux longs cheveux dorés et il s'étonna encore davantage que la jeune fille se jette ainsi dans ses bras.

– Comment, mon père, dit alors le prince, tu ne reconnais pas ton plus jeune fils ? Ce ne sont pas mes frères qui ont trouvé l'Oiseau de Feu, mais bien moi. C'est également moi qui ai acquis de haute lutte le Cheval à la Crinière d'Or et la belle princesse Boucles d'Or.

Le prince raconta à son père comment les choses s'étaient passées et Boucles d'Or dit que ses deux fils aînés l'avaient menacée de mort si elle disait la vérité. En entendant cela, les deux frères se mirent à trembler comme deux feuilles dans le vent et regardèrent le sol en silence. Leur peur n'était pas vaine, car le roi entra dans une telle colère qu'il les fit pendre sur-le-champ. Le prince épousa ensuite la belle princesse Boucles d'Or et son père lui donna la moitié de son royaume. À la mort de son père, le prince hérita la deuxième moitié.

Le Long, Le Large et Vue-Perçante

d'après Karel Jaromír Erben

Il était une fois un roi fort âgé qui n'avait qu'un fils. Le roi manda un jour ce fils et lui dit :

— Mon cher fils ! Tu sais comme moi que le fruit mûr est appelé à tomber un jour pour céder la place à un autre. Ma tête commence à se faire chenue et peut-être le soleil ne l'éclaire-t-il plus pour très longtemps ; mais avant que tu m'enterres, j'aimerais encore faire la connaissance de ma future bru, ta femme. Marie-toi, mon fils !

Et le prince répondit :

— Père, j'accomplirais volontiers ta volonté, mais je n'ai pas de promise, je ne connais pas de jeune fille.

Le vieux roi plongea alors la main dans sa poche, en sortit une clef d'or et la tendit à son fils.

— Monte à l'étage le plus haut de la tour et regarde autour de toi, et puis dis-moi qui il te plairait d'avoir pour femme.

Le prince ne se le fit pas dire deux fois et se dirigea vers la tour. Jamais encore de sa vie il n'y était allé, et jamais encore de sa vie on ne lui avait dit ce qui s'y trouvait.

Une fois arrivé au dernier étage, il vit dans le plancher une petite porte métallique, une sorte de trappe ; elle était verrouillée. Il l'ouvrit avec la clef d'or, la souleva et la franchit. Il se trouva alors dans un grand hall circulaire ; la coupole était bleue comme le ciel d'une nuit claire, des étoiles d'argent y scintillaient ; le sol était recouvert d'un tapis de soie vert. Le mur autour de la pièce était percé de douze fenêtres de cristal serties dans des cadres d'or, et dans chacune d'elles était représentée, aux couleurs de l'arc-en-ciel, une jouvencelle, une couronne royale sur la tête. Les femmes étaient toutes très différentes les unes des autres et elles étaient également vêtues différemment, mais elles étaient toutes plus belles les unes que les autres et le prince fut ébloui par tant de beauté. Et, comme il les regardait avec émerveillement, ne sachant laquelle choisir, les jouvencelles commencèrent à s'animer comme si elles vivaient, le regardaient, lui souriaient et semblaient même vouloir lui parler.

Le prince s'aperçut alors que l'une des douze fenêtres était cachée par un rideau blanc ; il le tira pour voir ce qu'il dissimulait. Il vit alors une jouvencelle entièrement vêtue de blanc avec une ceinture d'argent et une couronne de perles sur la tête. De toutes, elle était la plus belle, mais blême et triste comme si elle sortait du tombeau. Le prince se tint longtemps devant ce tableau, captivé, il la contempla tant que son cœur s'endolorit et il déclara :

– C'est celle-ci que je veux et aucune autre !

À peine eut-il prononcé ces mots que la jeune fille baissa la tête, elle s'empourpra comme une rose, et à cet instant tous les tableaux disparurent.

Quand le prince quitta la tour et raconta à son père ce qu'il avait vu et quelle jeune fille, parmi les douze, il avait choisie, le vieux roi s'attrista, se perdit dans ses pensées et dit :

– Tu as mal agi en découvrant ce qui était caché, mon fils. Par ta curiosité, tu t'es mis en grand danger. Cette jouvencelle est sous le pouvoir d'un sorcier qui la retient prisonnière dans un château de fer. D'autres avant toi ont tenté de la délivrer et aucun n'est jamais revenu. Mais on ne peut pas changer le cours des choses, parole donnée vaut loi. Va, tente ta chance et reviens-moi sain et sauf.

Le prince fit ses adieux à son père, enfourcha son cheval et partit à la recherche de sa promise. Il arriva bientôt dans une profonde forêt où il errait avec son cheval dans les broussailles, entre les rochers et les marais, ne sachant où aller, il entendit quelqu'un l'appeler :

– Hé, attendez !

Le prince regarda autour de lui et vit un homme de très grande taille qui se dirigeait vers lui rapidement.

– Attendez, prenez-moi avec vous et engagez-moi à votre service, vous ne le regretterez pas.

– Qui es-tu ?, demanda le prince. Et que sais-tu faire ?

– Je m'appelle Le Long et je sais m'étirer à volonté. Vous voyez ce nid, là-bas, tout en haut de ce sapin ? Je peux l'attraper sans même avoir besoin de grimper. Le Long s'étira alors jusqu'à ce qu'il ait atteint la taille du sapin. Il se saisit du nid, se fit plus petit, toujours plus petit, et tendit le nid au prince.

– Ton petit numéro est vraiment impressionnant, mais à quoi me serviraient des nids d'oiseaux ? Ce que je veux, c'est sortir de cette forêt.

– Rien n'est plus simple !, dit Le Long en s'étirant jusqu'à ce qu'il soit trois fois plus grand que le plus haut des sapins de la forêt.

Il regarda alors aux quatre coins de l'horizon et dit :

– Par là, c'est le chemin le plus court pour sortir de la forêt.

Puis il retrouva sa taille normale, prit le cheval par son licol et guida le prince à travers la forêt. Avant même que celui-ci n'ait pu comprendre comment, il était sorti de la forêt.

En face s'étendait à perte de vue une vaste plaine, au-delà se dressaient de hautes falaises si grises qu'on aurait dit les murs d'enceinte d'une ville, et au-delà encore des montagnes couvertes de forêts.

– Voilà mon ami là-bas, seigneur, dit Le Long en montrant un point sur la plaine, vous devriez également l'engager, il vous rendrait d'inestimables services.

– Appelle-le, que je le voie.

– Il est encore loin, seigneur, répondit le Long. Il m'entendrait à peine. Il mettra longtemps avant de nous rejoindre, car il porte un lourd fardeau. Il vaut mieux que j'aille le chercher, d'un saut.

Le Long s'étira de nouveau jusqu'à ce que sa tête touche presque les nuages. Il fit alors deux, trois pas, prit son ami par les épaules et le déposa devant le prince.

C'était un garçon trapu avec une panse aussi ronde qu'un baril de cinq cents litres.

– Qui donc es-tu ?, lui demanda le prince. Et que sais-tu faire ?

– Moi, seigneur, je m'appelle Le Large, et je sais m'élargir.

– Montre-moi donc ça.

– Seigneur, sauvez-vous vite, vite dans la forêt !, s'écria Le Large, et il commença à se ballonner.

Le prince ne comprit pas pourquoi il devait ainsi s'enfuir rapidement, mais, voyant Le Long prendre ses jambes à son cou, il éperonna son cheval et le lança au galop en direction de la forêt. Il était grand temps, car Le Large les aurait écrasés, lui et son cheval, tant son ventre grossissait ; il avait tout laminé, comme si une montagne s'était éboulée là. Le Large cessa d'enfler, puis prit une nouvelle fois son souffle si bien que les forêts se plièrent sous le vent, et redevint comme avant.

– Tu m'as fait grand peur !, dit le prince, mais je ne rencontre pas un homme de ton espèce tous les jours ; viens avec moi.

Le prince et ses deux compagnons de voyage reprirent leur chemin et ils arrivèrent bientôt au pied des falaises grises, ils rencontrèrent alors un homme qui portait un bandeau sur les yeux.

– Seigneur, dit alors Le Long, voici notre troisième ami. Vous devriez le prendre également à votre service, soyez sûr qu'il méritera largement la pitance que vous lui donnerez.

– Qui es-tu ?, demanda le prince, et pourquoi te bandes-tu ainsi les yeux ? Tu ne peux pas voir la route !

– Que si, seigneur ! Avec les yeux bandés, je vois aussi bien que vous avec les yeux non bandés ; et lorsque j'enlève mon bandeau, ma vue transperce tout ; et si je scrute une chose avec attention, elle prend feu, et ce qui ne brûle pas se brise en morceaux. C'est pourquoi l'on m'appelle Vue-Perçante.

Il se tourna alors vers un rocher en face, découvrit ses yeux et le fixa de son regard brûlant. La roche commença à se craquer, des morceaux s'en détachèrent de tous les côtés. Au bout de quelques instants il n'en resta qu'un tas de sable là où s'élevait auparavant la falaise. Et dans ce sable quelque chose étincelait comme du feu. Vue-Perçante alla chercher l'objet brillant et le tendit au prince. C'était de l'or pur.

– Tu es de ces hommes qu'aucun trésor au monde ne saurait honorer à sa juste valeur !, s'exclama le prince. Il faudrait que je sois stupide pour ne pas te prendre à mon service. Mais puisque tu es doté de tels pouvoirs, regarde donc au loin et dis-moi à quelle distance se trouve le palais de fer, et ce qui s'y passe en ce moment.

– Si vous y alliez seul, seigneur, il n'est pas dit que vous l'atteindriez avant la fin de l'année, répondit Vue-Perçante, mais avec nous, vous y arriverez ce soir même. À ce que je vois, on prépare déjà la table pour nous.

– Et que fait ma promise ?

– *Derrière de solides barreaux de fer*
Au sommet d'une tour couverte
de lierre
Le sorcier la retient prisonnière.

Alors le prince dit :

– Que celui qui se dit intrépide m'aide à la sortir de sa prison sordide !

Les trois compagnons prêtèrent serment de l'y aider. Et c'est ainsi qu'ils le guidèrent à travers les rocs par une faille que Vue-Perçante avait faite de ses yeux ; ils avancèrent, avancèrent, traversant les falaises, les hautes montagnes et les forêts profondes. Quel que soit l'obstacle qu'ils rencontraient, les trois compagnons le surmontaient aussitôt et poursuivaient leur route. Quand l'astre solaire commença à baisser à l'horizon, les montagnes se firent moins hautes, les forêts s'éclaircirent et les rochers se perdaient dans la bruyère. Quand l'astre solaire se trouva au plus bas à l'horizon, le fils du roi aperçut devant lui le palais de fer ; le soleil commença à disparaître, et le prince traversa le pont de fer qui menait au portail du château ; le soleil disparut, et le pont-levis se leva de lui-même, le portail s'ouvrit d'un seul coup, et le prince et ses compagnons se retrouvèrent prisonniers dans le château.

Ils explorèrent la cour, le prince laissa son cheval à l'écurie – tout était préparé pour lui - puis ils entrèrent dans le château. Dans la cour, dans l'écurie, dans la grande salle du château et dans les chambres, ils virent à la lueur du crépuscule une foule de gens richement vêtus, seigneurs aussi bien que serviteurs, mais aucun d'eux bougeait, ils étaient pétrifiés. Le prince et ses trois compagnons traversèrent plusieurs pièces et arrivèrent dans la salle à manger. Celle-ci était généreusement illuminée et ils virent au milieu une table avec quatre couverts croulant sous la nourriture et la boisson. Ils attendirent, pensant que l'on ne tarderait pas à venir, mais comme personne n'arrivait, après une longue attente ils s'installèrent, mangèrent et burent à leur guise.

Puis ils cherchèrent où dormir. Soudain, les portes volèrent et le mauvais mage entra dans la salle. C'était un vieillard voûté, entièrement vêtu de vastes habits noirs, il avait le crâne lisse, une barbe grise tombant jusqu'aux genoux. Sa taille était enserrée par trois cercles métalliques. Il menait par la main une belle, très belle jeune fille, vêtue de blanc ; elle avait une ceinture d'argent et une couronne de perles, mais elle était si blême et si triste qu'on aurait dit une revenante. Le prince la reconnut aussitôt, se leva d'un bond pour aller à sa rencontre, mais avant qu'il ait pu lui dire un mot, le mage s'adressa à lui en ces termes :

– Je sais pourquoi tu es venu. Tu veux emmener cette reine loin d'ici. Qu'il en soit ainsi, si tel est ton désir, prends-la, mais pour la mériter il te faudra réussir à la garder trois nuits sans qu'elle ne t'échappe. Si elle t'échappe, toi et tes serviteurs serez transformés en pierre, comme tous ceux qui sont venus ici avant toi.

Puis il désigna un siège à la reine, pour qu'elle s'assoie, et partit.

Le prince ne parvenait pas à quitter la jouvencelle des yeux, tant elle était belle ! Il lui parla, s'enquit auprès d'elle de mille et une choses, mais la princesse ne répondait pas. Les yeux fixant le vide, un sourire figé sur les lèvres, elle semblait être de marbre. Alors il s'assit à ses côtés et décida qu'il y resterait toute la nuit afin que la reine ne lui échappât point.

Pour plus de sûreté, Le Long s'étira comme une ceinture et se plaqua sur tous les murs tout autour de la pièce, Le Large s'assit dans la porte, se ballonna et la boucha si bien que même une souris n'aurait pu se faufiler, et Vue-Perçante s'adossa contre une colonne au milieu de la salle pour monter la garde. Mais au bout de quelques instants, les quatre hommes sentirent toutefois leurs paupières s'alourdir, ils s'assoupirent doucement et dormirent profondément toute la nuit.

Le matin, dès les premières lueurs de l'aube, le prince se réveilla le premier. Son cœur se mit à saigner quand il vit que la princesse avait disparu. Il réveilla aussitôt ses serviteurs et leur demanda que faire.

– Ne vous inquiétez pas, seigneur !, dit Vue-Perçante en jetant un rapide coup d'œil à la fenêtre. Je la vois déjà ! À une centaine de lieues d'ici, il y a une forêt, en son milieu il y a un vieux chêne, à sa cime il y a un gland – et ce gland, c'est elle. Que Le Long me prenne sur ses épaules, allons la chercher.

Le Long le prit sans attendre sur ses épaules, s'étira et avança de dix lieues à chaque pas, guidé par Vue-Perçante.

En un rien de temps, les deux compagnons étaient de retour. Le Long tendit le gland au prince :

– Seigneur, laissez-le tomber par terre !

Le prince le fit choir et instantanément la reine fut à côté de lui.

Quand le soleil commença à monter au-dessus des cimes des montagnes, les portes s'ouvrirent brusquement et le mauvais mage entra dans la salle avec un sourire sardonique ; mais quand il aperçut la reine, il fit une grimace et bougonna quelque chose dans sa barbe – et badaboum ! un des cercles de fer se brisa et tomba par terre. Puis il prit la jouvencelle par la main et l'emmena.

Tout au long du jour le prince n'eut rien à faire qu'arpenter le château et ses alentours et observer ce qui l'intriguait.

Toute vie semblait avoir été à jamais bannie de la contrée. Dans une pièce, il vit un prince qui avait été pétrifié alors qu'il s'apprêtait à fendre une bûche avec une hache. Dans une autre, un chevalier, une expression de terreur sur le visage, semblait avoir voulu fuir quelqu'un, mais il avait trébuché sur le seuil et était resté pétrifié dans sa chute. Près de la cheminée, un serviteur tenait un bout de rôti dans une main. Il ne restait à la main que quelques centimètres à faire pour atteindre la bouche, mais elle s'était arrêtée là, le morceau de viande à portée des lèvres. Le prince vit ainsi moult personnes pétrifiées, exactement dans la position où elles se trouvaient lorsque le mauvais mage avait dit : « Que pierre tu deviennes ! » Il vit aussi nombre de magnifiques chevaux pétrifiés dans les écuries. Dans et autour du château, tout n'était que mort et désolation : les arbres ne portaient pas de feuilles, les prés n'étaient pas recouverts d'herbe verte et de fleurs, les cours d'eau ne s'écoulaient pas, les oiseaux ne chantaient pas et pas un seul poisson n'égayait de son chatoiement les eaux des fontaines !

Le matin, à midi et le soir, le prince et ses compagnons pouvaient se rassasier à une table bien garnie : les plats se servaient tout seuls et le vin coulait de la carafe dans leurs verres comme par enchantement. Après le dîner, le mage ramena la reine pour que le prince la veille. Les quatre hommes étaient fermement décidés à lutter de toutes leurs forces contre le sommeil, mais rien n'y fit et ils s'endormirent à nouveau.

Au petit matin, quand le prince constata à son réveil que la reine avait de nouveau disparu, il tira Vue-Perçante par l'épaule :

– Debout, Vue-Perçante ! La reine a disparu. Sais-tu où elle se trouve ?

Celui-ci se frotta les yeux, regarda autour de lui et s'exclama soudain :

– Je la vois ! À deux cents lieues d'ici, il y a une montagne, à l'intérieur de cette montagne un rocher et à l'intérieur de ce rocher une pierre précieuse, et cette pierre précieuse, c'est elle. Que Le Long m'y porte, nous la récupérerons.

Le Long le prit aussitôt sur ses épaules, s'étira aussi haut qu'il le put et partit à grandes enjambées. À chaque pas, il parcourait vingt lieues. Vue-Perçante fixa la montagne de ses yeux ardents et la montagne explosa en mille morceaux qui volèrent dans tous les sens, libérant ainsi la pierre précieuse. Ils la prirent et la rapportèrent au prince ; et quand il la fit tomber par terre, la reine apparut à nouveau comme par enchantement.

Quand le mauvais mage arriva et la vit, ses yeux jetèrent des éclairs de colère et un nouveau cercle se détacha de sa taille et tomba sur le sol dans un bruit métallique. Il quitta ensuite la pièce avec la belle reine en bougonnant dans sa longue barbe grise.

Ce jour-là se passa comme le précédent, et, le soir venu, le mage fit entrer la reine dans la pièce, regarda le prince intensément et lui dit d'un ton menaçant :

– Nous verrons lequel de nous deux vaincra !

Et il sortit.

Cette nuit-là, le prince et ses trois compagnons se jurèrent de ne pas s'endormir et, afin que leurs yeux ne succombent pas au sommeil, ils décidèrent d'arpenter la pièce jusqu'au matin. Mais rien n'y fit : le méchant mage leur jeta un sort et ils s'endormirent l'un après l'autre en marchant.

Quand le prince se réveilla, la reine avait de nouveau disparu. Il réveilla Vue-Perçante :

– Hé, réveille-toi, Vue-Perçante ! Où est la reine !

Vue-Perçante regarda longtemps autour de lui :

– Elle est loin !, s'exclama-t-il. Très loin ! À trois cents lieues d'ici s'étendent les rivages de la mer Noire, au milieu de cette mer, au plus profond des eaux, se trouve une coquille, et dans cette coquille brille une bague en or, et cette bague en or, c'est elle. Ne vous fassiez pas de souci, seigneur, nous la ramènerons ! Cette fois-ci, toutefois, il faudra que Le Long porte également Le Large sur ses épaules, nous aurons bien besoin de lui !

Le Long fit monter Vue-Perçante sur une épaule et Le Large sur l'autre, il s'étira vers le ciel jusqu'aux nuages puis partit à grandes enjambées, et à chaque pas, il parcourait trente lieues. Arrivé sur les rivages de la mer Noire, Vue-Perçante guida Le Long à travers les flots et lui indiqua où se trouvait la coquille. Mais Le Long eut beau plonger le bras le plus profondément possible, il ne réussit pas à toucher le fond de la mer.

– Attendiez, camarades ! N'ayez qu'un peu de patience et je vais vous aider, dit Le Large.

Il gonfla son corps de toutes ses forces ; puis il s'allongea sur le rivage et but. L'eau disparut rapidement dans l'immense estomac du Large et Le Long put bientôt atteindre le fond de la mer avec la main en se penchant. Il saisit la bague en or, prit ses deux camarades sur ses épaules et se mit rapidement en chemin vers le château de fer. Qu'il était lourd, Le Large, sur le chemin du retour ! Il est vrai qu'il avait en lui la moitié de la mer. Arrivé dans une large vallée, Le Long le secoua de son épaule, et en un instant toute la vallée fut sous l'eau comme un grand lac si profond que Le Large lui-même eut bien de la peine à en ressortir.

Pendant ce temps, le prince sentait son cœur se serrer sans cesse davantage au fur et à mesure que passait le temps. La lueur du soleil pointait derrière les montagnes, et ses serviteurs n'étaient toujours pas revenus ; et plus les rayons de soleil devenaient intenses, plus grande était son angoisse ; une sueur froide perlait sur son front.

Alors le soleil émergea à l'Est tel un rai incandescent. Au même moment la porte s'ouvrit violemment et le mauvais mage apparut sur le seuil. Il regarda dans la pièce, et n'apercevant pas la reine, il entra dans la salle avec un rire mauvais. Mais au même moment, la vitre de la fenêtre se brisa dans un léger bruit de verre, la bague en or tomba sur le sol, et en un instant la reine fut à nouveau là.

Vue-Perçante avait en effet vu ce qui se passait dans le château et quels dangers menaçaient en cet instant son seigneur. Aussi avait-il dit au Long de presser le pas et c'est ce dernier qui avait jeté la bague dans la pièce. Le mauvais mage hurla de colère jusqu'à ébranler le château, et là, badaboum ! le dernier anneau se détacha de sa taille, éclata sur le sol dans un tintement métallique ; et le mauvais mage se transforma en corbeau qui s'envola par le carreau brisé.

La belle jouvencelle se mit aussitôt à parler, elle remercia le fils du roi de l'avoir libérée en s'empourprant comme une rose. Le château et toute la campagne environnante se réveillèrent également soudain : dans le château, le prince pétrifié en train de fendre du bois abattit violemment sa hache sur la bûche, celui que la malédiction du mauvais mage avait frappé en pleine chute tomba sur le sol et se releva en se frottant le nez, alors que, près de la cheminée, un autre personnage mit la bouchée de rôti à la bouche et continua son repas. Et c'est ainsi que partout les gens se réveillaient de leur long sommeil et finissaient le geste dans lequel le mage les avait soudainement pétrifiés. Les chevaux piaffèrent et hennirent gaiement dans les écuries, les arbres autour du château se vêtirent de belles feuilles vertes alors que les prés se couvrirent de fleurs colorées. Sur la plus haute branche d'un chêne, un rossignol fit retentir son chant flûté et de nombreux poissons animèrent de leurs reflets argentés les eaux vives des ruisseaux qui se faufilaient en murmurant entre les pierres. La vie reprenait ses droits, tout était joie !

Tous les princes que le mage avait pétrifiés affluèrent vers la pièce où était le prince, et tous le remercièrent de les avoir délivrés de leur sort.

– Ce n'est pas moi que vous devez remercier, répondit toutefois le prince. Sans mes fidèles serviteurs, Le Long, Le Large et Vue-Perçante, je me serais moi-même retrouvé pétrifié à jamais comme vous.

Puis le jeune prince se mit en chemin avec sa promise pour la présenter à son père. Le Long et Vue-Perçante lui emboîtèrent le pas, mais aussi tous les princes qu'ils avaient délivrés. Ils rencontrèrent Le Large sur leur route qui avait réussi à sortir du lac et le prirent avec eux.

Le vieux roi se mit à pleurer en voyant son fils revenir. Jamais il n'aurait cru qu'il reviendrait vivant et sa joie n'en était que plus grande de le voir en si belle compagnie.

On organisa sans attendre les festivités du mariage qui durèrent trois semaines. Tous les seigneurs que le prince avait délivrés y furent invités, mais aussi les trois fidèles serviteurs sans lesquels ce mariage n'aurait jamais été célébré. Le mariage fini, Le Long, Le Large et Vue-Perçante annoncèrent au jeune roi qu'ils allaient partir à tavers le monde chercher du travail.

— Restez avec moi, leur demanda le prince. Je vous donnerai le gîte et le couvert pour toute votre vie, vous n'aurez rien à faire !

Les trois compères n'auraient pas apprécié une telle oisiveté, aussi prirent-ils sans attendre congé de leur maître et tout porte à croire qu'en cette heure, ils sillonnent encore ensemble le vaste monde.

LA PRINCESSE AVEC UNE ÉTOILE D'OR SUR LE FRONT

d'après Božena Němcová

Il était une fois un roi et une reine, et cette reine avait sur le front une étoile d'or. Le couple s'aimait énormément, mais ce bonheur ne devait malheureusement pas durer. Il serait difficile d'exprimer ou de décrire ici le malheur d'un être qui perd celle qu'il aime plus que tout au monde.

Il fallut longtemps, très longtemps, au malheureux roi pour arriver enfin à regarder cette enfant dont le premier cri eut pour écho le dernier soupir de sa mère, mais l'amour paternel fut un jour le plus fort. La créature que découvrit le roi ce jour-là était magnifique. C'était une réplique vivante de sa mère, et elle était si extraordinairement gracieuse qu'on lui donna le doux nom de Lada.

Les années passèrent et les conseillers du roi chuchotèrent un jour à ce dernier qu'il serait temps pour lui de se remarier, arguant qu'il n'en serait que plus apaisé et plus heureux.

— Sur son lit de mort, ma femme m'a fait promettre, si jamais je devais me remarier un jour, de ne prendre pour épouse qu'une femme en tous points identique à elle-même, répondit le roi. J'en ai fait le serment et ai pris les dieux à témoin. Je vais donc me chercher une femme qui soit en tous points semblable à ma défunte épouse et resterai à jamais seul si je ne devais pas la trouver.

Les gens de la cour approuvèrent et on décida donc aussitôt que le roi partirait en voyage en quête d'une nouvelle épouse.

La belle enfant fut confiée aux soins attentifs de fidèles gouvernantes, le royaume fut doté d'un gouverneur irréprochable et le roi partit donc, accompagné de sa suite. Le souverain traversa moult royaumes et principautés, il fit presque le tour du monde et vit un grand nombre de jeunes femmes d'une grande beauté, mais aucune d'entre elles n'avait une étoile d'or sur le front et aucune ne ressemblait à sa défunte femme. Triste et découragé, le roi rentra à la maison où Lada lui souhaita la bienvenue avec grande gentillesse. Le souverain fut chamboulé par la vision de la jeune femme qu'était devenue Lada. C'était elle, cette femme qu'il avait partout recherchée ! Ses yeux, ses cheveux, son port, cette étoile d'or qui brillait sur son front, tout cela en faisait une parfaite réplique de sa femme. Tous les moments de bonheur qu'il avait vécus avec elle lui revinrent soudain en mémoire, et, au comble du désarroi, il décida d'épouser sa fille. Il se rendit donc auprès de la jeune princesse et lui confia la dernière volonté de sa bien-aimée mère.

Lada frissonna en écoutant son père, mais, faisant comme s'il s'agissait d'une plaisanterie de sa part, elle répondit après une courte réflexion :

— Je veux bien t'épouser, mon cher père, mais à la condition que tu me fasses coudre une robe taillée dans les ailes du coq d'or.

— Ma tendre, je t'achèterai tout ce que tu voudras si tu dois pour cela accepter ma requête, répondit le roi.

Il fit sans plus attendre battre tambours et sonner trompettes afin que tout un chacun sache que celui qui lui rapporterait une telle robe en serait généreusement récompensé par une grande quantité d'argent.

Les gens ne seraient-ils pas capables de tout pour l'argent ? Quelques jours plus tard donc, on apporta au roi une robe taillée dans les ailes du coq d'or et le roi l'offrit à sa fille. Voyant cela, la pauvre princesse chercha par tous les moyens à retarder son mariage avec son père, mais surtout elle espérait que le temps lui serait meilleur conseiller. Elle décida alors qu'elle ne l'épouserait que quand elle aurait une robe de la couleur du soleil. Tambours et trompettes portèrent aussitôt la nouvelle dans tout le pays et, quelques jours plus tard, on livra au roi une robe de la couleur du soleil. Lada accepta la robe, mais dit toutefois :

— Père, achète-moi encore une robe, de la couleur du ciel, et que ce ciel soit parsemé d'étoiles. Alors seulement je t'épouserai pour de bon.

Le roi aurait tout donné pour obtenir une telle robe, aussi envoya-t-il sans plus tarder des émissaires aux quatre coins de son royaume. Les couturiers de toutes les provinces se creusèrent la tête pour tailler cette robe couleur du ciel et parsemée d'étoiles. Mais de quoi le cerveau humain ne serait-il pas capable pour une telle quantité d'argent ? La robe fut donc taillée, de la couleur du ciel, mais les étoiles furent remplacées par de gros diamants. La pauvre Lada devait tenir sa parole maintenant, mais elle en était tellement chagrinée qu'elle ne cessait de pleurer. La même nuit, la jeune princesse rêva qu'une belle femme avec une étoile d'or sur le front lui rendait visite et qu'elle posait un voile blanc sur son lit en lui disant :

— Lada, je suis ta mère et je sais que ton père veut te prendre pour épouse. Ce mariage est impossible et je suis venue pour t'aider. Demande à ce que l'on te fasse dès demain une robe très humble. Tu revêtiras cette robe puis mettras sur ta tête ce voile tissé dans la brume. Tant que tu auras ce voile sur la tête, personne ne pourra te voir. Tu pourras ainsi fuir le château royal sans être vue. Ne te fais aucun souci pour ton père, je lui apparaîtrai en rêve et je saurai le faire changer d'idée.

Lada sentit encore un léger souffle sur sa joue et sa mère disparut. Le lendemain matin, elle demanda à sa camériste de lui faire tailler un habit en peaux de souris qui la couvrirait de la tête à la pointe des pieds. Croyant qu'il s'agissait là d'une simple lubie, la camériste n'en toucha mot à quiconque. Elle commanda les peaux de souris et fit elle-même l'habit qu'elle donna ensuite à la

princesse. Il ne restait que trois jours jusqu'au mariage et le palais était animé par les préparatifs de la fête que donnerait l'heureux roi en l'honneur de sa belle épouse. La princesse, quant à elle, ne songeait nullement au mariage. Lada se vêtit de l'habit en peaux de souris, roula les trois robes que lui avait offertes son père dans un balluchon, y mit également un fichu et le voile de brume, et, en pleurs, elle quitta le palais paternel pour disparaître dans le vaste monde. Elle marcha ainsi longtemps, sans savoir où la guidaient ses pas, et elle arriva bientôt dans une ville magnifique. Tout en haut de la ville, sur une colline, Lada aperçut le palais royal. Elle décida de s'y rendre dans l'espoir d'y trouver un travail. Ne pouvant y emporter son balluchon avec les habits, elle alla dans un petit bois non loin du château au milieu duquel se trouvait un puits. Elle souleva une pierre de la margelle et y cacha le balluchon et le voile de brume. À cet instant, un petit poisson sortit la tête de l'eau pour l'observer.

– Surtout, ne dis rien à personne et veille sur mes affaires !, lui dit la princesse.

Sur le chemin du château, Lada se mit un peu de cendre sur le visage, plissa le front et dissimula ses cheveux sous le fichu. Qui aurait pu penser qu'une telle beauté se dissimulait sous ce pauvre habit en peaux de souris ? Les serviteurs du château rirent bruyamment en voyant une femme aussi laide demander à entrer au service du roi et ils lui dirent sans ambages d'aller se faire pendre ailleurs. Mais Lada insista tant, suppliant qu'on la prît comme aide de cuisine, que le cuisinier, pris de pitié pour elle, accepta. Il lui recommanda toutefois instamment de ne pas se montrer aux yeux de sa majesté le roi, auquel cas il s'exposerait lui-même à un terrible châtiment. Lada se réjouit fort d'avoir trouvé cet emploi où personne ne songerait à venir la chercher ni ne s'intéresserait à elle. Et de fait, de toute la journée, personne ne lui accorda le moindre regard, si ce n'est le cuisinier qui lui cherchait parfois querelle et les serviteurs qui l'appelaient « Peau de souris », ce qu'elle supportait avec bonne humeur.

Le pays dans lequel se déroulait cette histoire était gouverné par un roi qui n'avait qu'un seul fils du nom d'Hostivít. Tous les sujets attendaient avec impatience le jour béni où le prince monterait sur le trône, car ils savaient qu'ils connaîtraient dès lors des jours meilleurs. Le roi était déjà âgé et il aurait volontiers cédé le trône à son fils, mais celui-ci ne paraissait guère pressé de convoler en justes noces pour assurer la continuité de la lignée royale. Bien souvent, la jeune aide de cuisine entendait de la bouche même des serviteurs combien le jeune prince était aimé et elle brûlait de le connaître. Elle en eut un jour l'occasion alors que le jeune prince passait seul près de la cuisine. Elle sortit précipitamment pour le voir et la suite nous dira ce que son cœur décida en cet instant.

Ce fut bientôt le jour de la fête du roi et le palais se préparait à connaître trois jours de festivités auxquelles prendraient part de nobles hôtes venus des contrées les plus lointaines. Lada réfléchit toute la journée, et, le soir venu, elle pria le cuisinier de l'autoriser à se dissimuler dans un petit coin pour observer ces personnages de haut rang que jamais de sa vie il ne lui avait été donné de voir.

Le cuisinier refusa tout d'abord, il résista longtemps, aussi longtemps qu'il le put, puis, marmonnant quelque chose sur la curiosité féminine, il l'autorisa enfin à aller regarder discrètement tout ce faste. Lada se rendit tout droit à la fontaine, souleva la pierre de la margelle du puits et en sortit son balluchon avec les vêtements. Elle prit la robe taillée dans les ailes du coq d'or, enleva son fichu et son habit en peaux de souris, se lava le visage, coiffa ses cheveux et revêtit la magnifique robe. Lada ne voulait pas seulement voir de loin les fastes de la fête, elle voulait danser et parler avec le beau prince ! Une fois habillée, elle mit sur sa tête le voile de brume et courut vers le palais. Arrivée dans la salle de danse, elle se fondit dans la foule des invités et ôta son voile de brume. Tous les regards se tournèrent aussitôt vers elle, sans que quiconque ne puisse dire qui elle était ni d'où elle venait. Le prince délaissa soudain les belles jeunes filles

autour desquelles il papillonnait pour honorer cette nouvelle venue d'une grande beauté, et à peine eut-il entrevu le magnifique visage de la princesse qu'il sut que plus jamais il ne serait un homme libre.

– Qui êtes-vous ?, lui demanda le prince. Je ne connais ni votre nom ni votre visage.

– Je savais que je serais bien reçue ici, mais renoncez à savoir qui je suis si vous tenez à me revoir, répondit la princesse en regardant si profondément Hostivít dans ses yeux suppliants qu'il n'osa pas renouveler sa question.

L'orchestre se mit à jouer et les hommes conduisirent leurs cavalières sur la piste de danse. Le prince prit le bras de la jeune femme à l'incomparable beauté et se mit dans le rang. Il est peu de dire que les heures lui parurent ce soir-là une poignée de secondes ! Quand les premières lueurs de l'aube éclairèrent l'horizon, la princesse remercia le prince pour son hospitalité et prit congé de lui. Le prince eut beau la supplier de rester encore quelques instants, elle disparut aussitôt, non sans avoir promis de revenir le soir même. Lada traversa le palais d'un pas vif, se rendit droit à la fontaine et enleva son habit de fête : il était en effet grand temps qu'elle retournât à la cuisine. Le petit poisson sortit la tête de l'eau pour la regarder s'éloigner, et Lada lui demanda s'il voulait bien encore veiller sur ses habits. Tout le monde dormait encore quand Lada arriva au château et personne n'aurait su dire quand était rentrée l'aide de cuisine.

Il était coutume que chaque matin le valet de chambre annonçât ce que le prince désirait pour son petit déjeuner. Ce matin-là, quand il entra en cuisine, le valet demanda que l'on préparât au prince ce que l'on voulait.

– Je ne sais pas ce qui est arrivé au prince, mais jamais encore je ne l'avais vu aussi heureux, raconta le valet de chambre. Il chante et danse en passant d'une pièce à l'autre et répond « Fais ce que tu veux », quelle que soit la question que je lui pose.

– Idiot, répondit le cuisinier. Peut-être est-il tombé amoureux d'une quelconque princesse et ne cesse-t-il de penser à elle toute la journée ?

– Tu as raison, mon vieux, rétorqua le valet. Une femme est apparue hier pendant la fête, personne ne sait qui elle est ni d'où elle vient, mais, ce qui est sûr, c'est que notre prince a passé toute la nuit à ses côtés.

L'aide de cuisine, qui astiquait à cet instant des couverts, baissa la tête afin qu'on ne vît pas qu'elle rougissait sous son vêtement en peaux de souris. Elle semblait ne pas s'intéresser le moins du monde à ce que disait le valet de chambre, mais ne perdait pas un mot de la conversation. Toute la journée, Lada se montra très zélée dans son travail, espérant ainsi que le cuisinier lui permettrait, ce soir-là encore, d'aller épier les festivités. Et de fait, le cuisinier l'y autorisa, quoiqu'en bougonnant un peu.

Quand elle eut fini son travail, Lada courut aussitôt vers le puits, enleva son manteau en peaux de souris, enfila la robe de la couleur du soleil et courut vers le palais où le bal avait déjà commencé. Il eut été impossible à quiconque d'échanger ne serait-ce qu'un mot avec le prince, celui-ci, les yeux fixés sur la porte, attendait l'arrivée de la belle inconnue. Sans même qu'il vît comment elle était entrée, celle-ci fut soudain à ses côtés. Le prince en fut on ne peut plus heureux. Les femmes enviaient la beauté de l'inconnue et ses robes ravissantes, et les hommes enviaient le prince qui trouvait grâce à ses yeux. Cette nuit-là, Lada ne put résister à la requête du prince, car elle l'aimait autant que lui-même l'aimait. Elle resta plus longtemps que la veille avec lui et il faisait déjà presque jour quand elle arriva près du puits pour se changer. Elle se changea rapidement, mit de la cendre sur son visage et retourna au palais, comme portée par le vent. Cette fois-ci toutefois, tout le monde était réveillé et le cuisinier l'attendait déjà en grommelant.

– Cela ne me plaît guère que tu ailles rôder ainsi, bougonna le cuisinier quand elle entra dans la cuisine.

Elle pria le cuisinier de bien vouloir l'excuser pour son retard, et, celui-ci étant un homme au grand cœur, il oublia bientôt l'objet de sa colère quand il vit que Lada travaillait avec le même zèle que d'habitude. Ce matin-là encore, le valet de chambre entra dans la cuisine.

– Que désire notre prince pour son petit déjeuner ?, demanda le cuisinier.

– Le prince ne mangera rien ce matin, répondit le valet de chambre. Il reste alité, les yeux fermés, et il répond toujours « Je ne sais pas » quelle que soit la question que je lui pose. Cette femme qui est maintenant apparue à deux reprises semble l'avoir ensorcelé.

Lada travailla avec tant de zèle ce jour-là que le cuisinier l'autorisa tout de même à épier de nouveau la fête. Lada se rendit donc près du puits, mais, cette fois, c'est la robe couleur du ciel et parsemée de diamants qu'elle revêtit. La lueur des diamants était si intense que tout le bois en fut éclairé comme en plein jour et que Lada vit son reflet dans l'eau du puits. C'est toutefois le cœur lourd qu'elle se rendit au palais, car elle devait maintenant dire adieu à son prince. Elle aurait certes pu lui révéler son nom, mais elle redoutait par là de s'exposer aux foudres de son père qui était en droit de réclamer son retour. Elle décida donc de ne rien dire au prince et d'attendre de savoir dans quel état d'esprit était son père et s'il avait renoncé à elle.

Dans la salle de danse, Hostivít ne s'intéressait pas à ce qui se passait autour de lui. Les yeux rivés sur la porte, il attendait, et le vieux roi lui-même espérait la venue de la belle inconnue afin que son fils retrouve sa joie de vivre.

– Pourquoi êtes-vous si triste ?, demanda soudain une douce voix à l'oreille du prince.

Le prince se retourna et vit Lada, belle comme Vénus dans le ciel du matin. Le vieux roi et les invités se pressèrent autour de l'inconnue et lui souhaitèrent la bienvenue, incapables de quitter des yeux cette beauté inouïe. Cette nuit-là, le prince et Lada n'eurent pas le cœur de danser. Main dans la main, ils hantèrent les appartements royaux, s'entretenant à voix basse de leur amour. Les premiers rayons du soleil les trouvèrent, en pleurs, sur un canapé au milieu d'une vaste pièce de marbre blanc décorée de mille fleurs au parfum enivrant.

– Lada, mon unique amour, reste auprès de moi et deviens ma femme, la suppliait le prince.

– S'il te plaît, ne sois pas aussi pressant, tu me brises le cœur. Tu sais que je ne peux pas accepter de t'épouser. Mais afin que tu saches à quel point je t'aime, je te donne cette bague qui me lie à toi pour toujours.

Hostivít accepta avec reconnaissance la magnifique bague et enleva de son doigt une bague ornée d'un diamant qu'il donna à Lada.

– Nous sommes fiancés, maintenant, dit-elle. Je suis à toi comme tu es à moi. Aie confiance. Un jour, on te rapportera ta bague et cela signifiera que nous nous reverrons bientôt.

Lada et son prince échangèrent encore quelques tendres caresses puis la jeune fille disparut. Le prince eut beau la chercher dans les appartements, il ne la trouva nulle part et Lada ne revint pas.

Le cœur lourd et les yeux brillants de larmes, la jeune fille ôta la belle robe couleur de ciel près de la fontaine et la cacha sous la pierre de la margelle, non sans avoir recommandé au poisson de veiller sur elle. Elle enfila sa robe en peaux de souris, dissimula la bague du prince contre son cœur et se rendit une nouvelle fois au palais.

Le palais résonnait du bruit des pas des serviteurs qui montaient et descendaient les escaliers en toute hâte, la mine déconfite. Lada demanda au cuisinier la raison de ce tumulte.

– Tu rôdes toute la nuit, la sermonna le cuisinier, et au matin, tu arrives les yeux embrumés. N'entends-tu donc pas que notre prince est malade, mortellement malade ? Notre pauvre prince bien aimé ! Cette ensorceleuse nous a envoyé le diable. Je suis tellement inquiet que je ne sais plus à quel saint me vouer.

Lada crut que le ciel s'abattait sur elle. À cet instant, un valet entra dans la cuisine en portant une herbe médicinale qu'il demanda au cuisinier de cuire immédiatement pour le prince. Lada la lui arracha des mains et la jeta aussitôt dans l'eau bouillante. Le valet s'en fut, le cuisinier aussi, et, avant même qu'ils ne soient revenus, Lada avait préparé le bouillon et s'apprêtait à le porter au prince.

– Que fais-tu ?, s'exclama le cuisinier. Ne pouvais-tu donc pas attendre que je revienne ou appeler quelqu'un ? La simple vue de ta robe en peaux de souris rendrait le prince encore plus malade.

– Soyez sans crainte. Je n'ai nullement l'intention de porter moi-même le remède au prince, mais, afin de vous éviter de monter les escaliers, je voulais le remettre moi-même à un valet de chambre.

En chemin, Lada sortit la bague des plis de son vêtement et la jeta dans la tasse. Elle posa ensuite cette dernière dans l'antichambre du prince et partit sans plus attendre, se jurant bien de ne rien dire quand le prince demanderait

de quelle manière la bague était arrivée dans son bouillon. Et de fait, le prince s'en enquit peu après.

En effet, à peine le prince eut-il bu le breuvage qu'il aperçut la bague au fond de la tasse et rameuta tout le palais. Il fit tout d'abord demander au cuisinier s'il avait lui-même versé le bouillon dans la tasse. Le cuisinier répondit bien sûr qu'il n'en était rien et, qu'en son absence, la jeune aide de cuisine avait préparé la potion. Le prince manda donc la jeune aide de cuisine. Lada refusa de se rendre auprès du prince, mais, faisant fi de ses protestations, les serviteurs la prirent sous les bras et la portèrent jusque dans la chambre du prince. Aussitôt entrée, la jeune fille baissa humblement la tête et s'agenouilla afin que le prince ne puisse reconnaître ni son visage ni sa silhouette.

– Ainsi, tu as versé le bouillon dans la tasse ?, demanda le prince en observant attentivement la jeune aide de cuisine.

– Prince bien-aimé, répondit Lada en déguisant sa voix, j'ai certes versé le bouillon dans la tasse, mais de la bague, je ne sais rien. Quelqu'un doit l'y avoir mise sans que je m'en aperçoive.

Lada mentit tant et si bien que, ne pouvant lui arracher le moindre aveu, le prince la renvoya dans les cuisines.

Mais, sous l'hideux manteau en peaux de souris, le prince avait décelé en elle la démarche noble et les tout petits pieds comme n'en ont jamais les filles de cuisine. Il décida donc de l'observer à son insu.

Il était de coutume dans cette ville que tous les habitants, les riches comme les pauvres, se baignassent régulièrement. Et c'est ainsi qu'il y avait dans les jardins du château deux sortes de bains : l'un pour la famille royale, l'autre pour le personnel du château où tous les employés, du premier au dernier, devaient se laver deux fois par semaine. Hostivít se dit que c'était l'endroit idéal pour y observer la jeune aide de cuisine sans être vu. Or, ce jour était celui du bain des employés. Le prince alla droit au bain des femmes, y fit dans le mur de planches un trou de la taille de son œil et retourna dans ses appartements. Ses médecins remercièrent le ciel en voyant que leur illustre patient, le matin même à l'article de la mort, se portait à nouveau à merveille. Hostivít leur assura que c'était là l'effet de leur bouillon médicinal et les médecins en furent fort satisfaits.

Quand arriva l'heure du bain des femmes, le prince se glissa hors du château et alla se cacher dans un bosquet touffu tout près du bain. Les femmes prenaient leur bain en premier et la toute première d'entre elles fut Lada avec laquelle aucune autre servante ne voulait, à son grand soulagement, se baigner. La voyant entrer dans le bain, le prince colla son œil contre le trou dans le mur en retenant son souffle.

Lada entra dans le bain, ferma la porte et enleva le vêtement en peaux de souris. Elle retira ensuite son fichu et se lava le front. Le prince vit alors apparaître avec émerveillement une magnifique étoile d'or qui brillait au milieu de son front.

– Lada ! Ma Lada !, s'exclama-t-il en se précipitant hors de sa cachette.

Lada reconnut la voix du prince et, effrayée, elle remit précipitamment son manteau en peaux de souris et son fichu puis sortit en toute hâte.

Hostivít se précipita vers elle, la prit dans ses bras et l'embrassa passionnément.

– Viens, ma chère Lada. Il nous faut maintenant aller chez mon père.

Lada refusa et dit :

– Il m'est impossible de me présenter ainsi à ton père. Attends-moi ici, je reviens de suite.

Le prince aurait bien aimé la retenir, mais Lada sortait déjà du jardin et se dirigeait vers la fontaine en courant comme une biche aux abois. La princesse trouva tous ses vêtements sous la pierre de la margelle du puits, tous, sauf le voile de brume. Et le petit gardien de ses effets avait également disparu. L'heureuse promise ne pleura toutefois pas la perte du voile, car elle n'en avait plus besoin maintenant. Le balluchon sous le bras, elle se dirigea vers sa petite chambre où elle revêtit l'une de ses robes royales avant de rejoindre le prince qui la conduisit auprès de son père. Quiconque la voyait restait tout d'abord comme paralysé devant tant de beauté, puis il courait le dire à un autre qui lui-même le disait à un troisième, si bien que, quelques instants plus tard seulement, tout le palais savait que le prince avait retrouvé la belle inconnue.

Jusqu'à cet instant, la princesse n'avait révélé à personne la noblesse de sa lignée et elle ne le fit que devant le roi qui n'en bénit que plus volontiers leur union.

Pendant ce temps, dans la cuisine, le cuisinier en colère pestait contre sa jeune aide de cuisine qui avait une nouvelle fois disparu. C'est alors qu'arriva soudain un serviteur qui lui fit savoir que le prince le mandait auprès de lui. Le cuisinier retira précipitamment son tablier, prit un air plus jovial et monta en grande hâte les escaliers qui menaient aux appartements du prince. Et là, il vit le roi, le prince et la future reine.

– Comment peux-tu seulement accepter dans ta cuisine une jeune fille aussi laide et qui se recouvre le visage de cendre ?, reprocha le prince au cuisinier.

– Mon roi bien aimé et seigneur, répondit le cuisinier effrayé. Je ne voulais pas la prendre dans ma cuisine, mais elle a tant insisté que je n'ai pas eu le cœur de la renvoyer. En outre, Votre Majesté, je n'ai dans toute ma cuisine pas une seule personne en laquelle je puisse tant avoir confiance et qui fasse avec un tel zèle son travail. Le seul reproche que je pourrais lui faire est d'avoir un vêtement en peaux de souris et de se couvrir le visage de cendre.

— Ta critique est juste et je te remercie pour les compliments ainsi que pour l'accueil que tu m'as réservé. Pour tout cela, ton aide de cuisine tient à te récompenser.

En entendant cela, le cuisinier qui avait reconnu Lada à sa voix, se jeta aux pieds de la princesse et la supplia de lui pardonner. Lada l'apaisa et lui donna un sac d'or en récompense.

À peine le cuisinier fut-il sorti de la pièce que tous surent qui était en réalité la femme si laide vêtue de peaux de souris, et tous auraient souhaité disparaître eux-mêmes dans un trou de souris à la seule pensée de la vengeance de la future reine. Mais cette dernière ne pensa pas un seul instant à se venger.

Les deux amoureux se marièrent bientôt puis ils montèrent dans une calèche pour se rendre chez le père de la fiancée dans l'espoir d'obtenir sa bénédiction. Lada redoutait d'affronter les foudres de son père, mais point n'était besoin d'avoir peur ! Dans la nuit où Lada s'était enfuie du palais, sa mère était apparue en rêve à son père, le sermonnant pour ses coupables projets et celui-ci était maintenant animé des meilleures intentions. Le roi aurait même depuis longtemps recherché sa fille, si la défunte qui veillait sur elle ne le lui avait pas interdit. C'est donc avec une joie sans pareille que le roi souhaita la bienvenue à sa fille et donna sa bénédiction à cette merveilleuse union.

109

Petite casserole, cuis !

d'après Karel Jaromír Erben

Il était une fois dans un petit village une pauvre veuve qui ne possédait pour toute fortune qu'une fille. Les deux femmes vivaient dans une vieille cabane au toit de chaume percé autour de laquelle elles élevaient quelques poules. En hiver, la vieille femme allait dans la forêt chercher du bois mort, en été elle y cueillait des fraises et, à l'automne, elle glanait aux champs. Quant à sa fille, elle allait vendre à la ville ce que les poules pondaient. C'est ainsi que les deux femmes réussissaient à se nourrir tant bien que mal.

Un jour d'été, la vieille tomba malade et la jeune fille dut aller dans la forêt ramasser les fraises pour qu'elles puissent manger quelque chose. Elle prit une casserole, un morceau de pain noir et se mit en chemin. Quand elle eut rempli sa casserole, elle fit une pause près d'une source dans la forêt. Elle s'assit là, sortit le pain de son tablier et se mit à manger. Il était en effet déjà midi.

Tout à coup apparut une vieille femme sortie de nulle part. La vieille était vêtue comme une mendiante et tenait dans une main une petite casserole.

– Bonjour, jolie jeune fille !, s'exclama la mendiante. Je suis affamée comme jamais encore je ne l'avais été. Depuis hier au petit matin, je n'ai pas eu la moindre miette de pain à me mettre sous la dent. Voudrais-tu bien me donner un bout de ton pain ?

– Volontiers, répondit la jeune fille. Je peux même vous le donner entier si vous voulez. Moi, je pourrai toujours manger en rentrant à la maison. Ne craignez-vous pas, toutefois, qu'il soit un peu dur pour vous ?

Et elle lui donna tout son déjeuner.

– Que Dieu te le rende, ma chère fillette, que Dieu te le rende ! Et puisque tu as été si gentille avec moi, je veux moi aussi te donner quelque chose : cette petite casserole. Arrivée à la maison, tu la poseras sur la table. Il te suffira alors de dire : « Petite casserole, cuis ! » et la petite casserole te préparera autant de bouillie que tu voudras. Et quand tu en auras assez, tu diras « assez, petite casserole ! » et elle s'arrêtera aussitôt. Mais n'oublie surtout pas ce que tu dois dire.

La vieille femme lui tendit la casserole et disparut comme elle était venue.

Arrivée à la maison, la jeune fille raconta cette rencontre à sa mère et posa sans attendre la petite casserole sur la table, curieuse de voir si la mendiante ne lui avait pas joué un tour.

– Petite casserole, cuis !, dit-elle.

Le fond de la casserole se garnit aussitôt de bouillie et se mit à cuire. Avant même que la jeune fille n'ait pu compter

jusqu'à dix, la petite casserole était pleine d'une belle bouillie fumante.

– Assez, petite casserole !, s'exclama la jeune fille émerveillée.

Et la petite casserole s'arrêta de bouillir.

Les deux femmes s'assirent aussitôt autour de la table et se mirent à manger avec appétit. La bouillie était bonne comme des amandes. Une fois le repas terminé, la jeune fille partit sur le marché vendre ses quelques œufs. Elle attendit longtemps ce jour-là avant qu'on ne lui en propose un prix raisonnable et il était déjà tard quand elle reprit le chemin de la maison.

À la maison, sa vieille mère en eut bientôt assez d'attendre sa fille, et elle avait envie de bouillie. Elle prit donc la petite casserole, la posa sur la table et dit :

– Petite casserole, cuis !

Aussitôt la bouillie commença à se faire et, avant même que la vieille femme n'ait eu le temps de se retourner, la petite casserole était déjà pleine.

– Je dois aller chercher une cuillère et une écuelle, se dit la vieille satisfaite.

Mais quand elle revint, elle eut une telle frayeur que son sang se figea dans ses veines : la bouillie débordait de la petite casserole, recouvrait déjà la table et s'écoulait de la table sur le banc pour se répandre sur le sol. De frayeur, la vieille oublia ce qu'elle devait dire pour mettre fin à cette cascade de bouillie. Elle se précipita vers la petite casserole et la couvrit avec l'écuelle dans l'espoir de l'arrêter. Mais l'écuelle tomba par terre et se brisa, et la bouillie continua à s'écouler comme un torrent. La salle à manger était déjà pleine de bouillie et la vieille alla chercher refuge dans le cellier en implorant le ciel :

– Que nous a donc rapporté là, ma malheureuse fille ! J'aurais dû m'en douter, cette histoire ne me disait rien qui vaille.

Quelques instants plus tard, la bouillie franchit le seuil de la salle à manger et envahit le cellier. La vieille ne savait plus où aller, et, prise de peur, elle monta au grenier, accusant toujours sa fille d'avoir rapporté là un objet du diable. La bouillie ne cessait de gonfler et elle s'écoula bientôt par les portes et les fenêtres, envahissant les rues et la place du village. Qui sait jusqu'où serait allée la bouillie si, par chance, la jeune fille n'était revenue à temps et n'avait dit :

– Assez, petite casserole !

Sur la place du village toutefois, la montagne de bouillie était déjà si imposante qu'il était impossible de la franchir. Aussi, ce soir-là, au retour des champs, les paysans n'eurent pas trop de toutes leurs dents, ni même de leur appétit, pour la traverser.

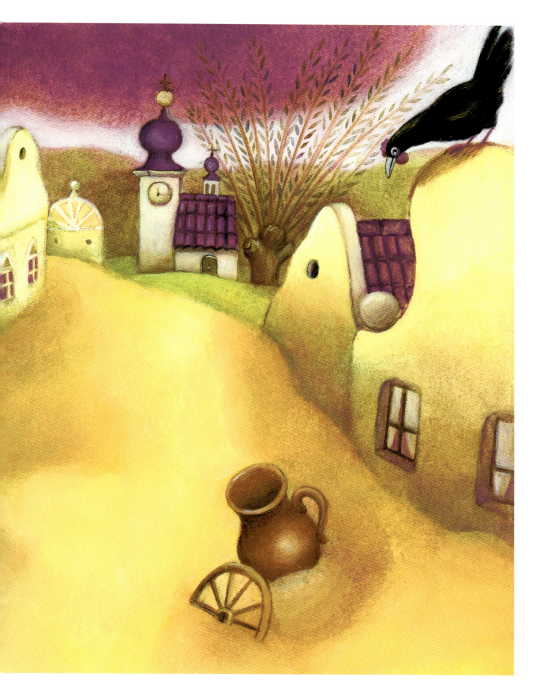